전야의 살인

KB078729

전야의 살인

○

송보현 지음

"베드로는 성호를 그었다."

그를 태운 마차가 어서 어수선한 땅을 지나 정돈된 장소에 발을 들이기를
그리고 내일이면 사형대에 오를 율리시를 위해서.

좋은땅

목요일

죄수 율리시에게 면회를 가던 사제 베드로는 성당으로 마차를 되돌렸다. 그가 모시는 신부 발렌티노를 살해하는 날이 꼭 오늘이어야 한다는 묘한 기분을 느꼈기 때문이다.

마차의 단단한 나무 바퀴가 진창이 되어 버린 숲길을 밟을 때마다 속이 울렁거렸다. 참다못한 베드로가 커튼을 젖혔다. 나무마다 젖은 나뭇잎들이 검게 달라붙은 숲은 빛보다 그림자가 울창했다. 마부의 채찍질이 더하자 나무들이 숲속에 모인 검은 유령들처럼 베드로의 곁을 지나쳤다. 베드로는 숲이 두려웠다. 밤이면 숲에서 기이한 울음소리가 들렸다. 들고양이의 울음소리라고 하기에는 거칠었고, 애달픈 산짐승의 목청이라기엔 너무나 새것이었다. 마을 사람들은 처형당한 사형수들의 영혼이 숲속에 터를 잡은 울음이라고 단정 지었다.

베드로는 간밤에도 그 기이한 소리를 들었다. 성당의 창틀을 두드리기 시작한 빗소리와 맞물려 어찌나 불길하던지 창을 닫고 커튼으로 싸매도 책상 위의 촛불이 허공에 글을 쓰듯 이리저리 흔들렸다. 마치 억울함을 호소하는 죄수 율리시의 붓질 같았다. 베드로는 성호를 그었다. 그를 태운 마차가 어서 어수선한 땅을 지나 정돈된 장소에 발을 들이기를 그리고 내일이면 사형대에 오를 율리시를 위해서.

1

성당에서 내려주겠다는 마부를 떨쳐내기가 힘들었다. 사제에게 온정을 베풀지 않으면 액이라도 달라붙을 거라 착각하는 모양인지 그의 친절은 집요했다. 그들은 시비로 이어지기 직전에 의견을 모았고 마부는 성당이 그리 멀지 않은 철길 숲에 베드로를 내려주고 떠났다. 베드로는 철로를 따라 걸었다. 하늘은 어느새 붉기가 감돌고 있었다. 저녁 식사 준비에 늦지 않으려면 서둘러야 한다고 생각했다. 그러나 정작 그가 향한 건 성당의 갈색 지붕이 힐끔 내려다보이는 인접한 숲속이었다. 숲에 들어선 베드로는 전부터 봐두었던 덩굴나무에 도착했다. 손부채질로 땀을 식혔고 덩굴나무 가지에 어깨 가방을 걸어놓고는 나무뿌리에 쌓여 있는 낙엽들을 구둣발로 조금씩 걷어냈다. 젖어서 성가시게 엉겨 붙은 낙엽들이 한 번에 치워지지 않았다. 어차피 몸을 수그려야 했으므로 흙 위에 무릎을 꿇고 앉아 바지 뒷주머니에서 꺼낸 흰색 손수건으로 낙엽들을 닦아내듯 걷어냈다.

땅 위로 드러난 두꺼운 나무뿌리와 그 뿌리 위에 핀 붉은 버섯들이 모습을 보였다. 베드로는 머리 위로 팔을 올려 가지에 걸어놓은 어깨 가방에서 성경책을 꺼내 축축해진 한쪽 무릎에 게웠다. 그런 다음 독성이 피부에 닿지 않도록 붉은 버섯들을 손수건

으로 감싸 쥐어 어깨 가방 안으로 집어넣기 시작했다. 조심스러
웠지만 개 중에는 손아귀 힘을 못 이기고 부서지는 버섯도 더러
생겼다. 산에 핀 버섯은 절대 손대지 말 것. 붉기를 띄고 있는 건
전부 독버섯이라고 단정해도 무방함. 베드로에게 이 주의 사항
을 알려 준 사람은 오늘 그가 죽이기로 마음먹은 신부 발렌티노
였다. 발렌티노는 이십 년 전, 열 살 나이 고아이던 베드로를 받
아주었다. '신께서 내 기도에 응답해 주셨구나.' 베드로를 반기는
이 첫마디를 시작으로 신부 발렌티노와 사제 베드로는 남들이
알아선 안 되는 비밀을 쌓아 왔다.

　독버섯이 으스러졌다. 손수건에 홍조가 번졌다. 긴장한 탓에
손이 매끄럽지 못하게 된 베드로는 척추를 곧게 펴고 목에 걸린
십자가가 미세한 흔들림을 멈출 때까지 호흡을 다스렸다. 그러
나 다시 허리를 굽힌 그의 조심성을 비꼬며 응수하듯 버섯이 재
차 부서졌다. 안 되겠다 싶었던 베드로가 벌떡 일어나 멀리 보이
는 숲들을 내려다보았다. 숲들 사이에 성당 지붕이 보였다. 겉보
기에는 마을부터 이어진 길고 넓은 숲에 자리한 작고 소박한 성
당이었다. 베드로는 성당을 보는 것만으로 가슴이 타들어 가는
듯했다. 숲의 냉기를 머금은 저 건물의 정체, 그 속에서 벌어지
는 비밀들과 신도들을 농락하는 신부의 존재를 알고 있던 탓이
었다. 마음 한구석에서 율리시가 떠올랐다. 선한 율리시가 아니

었다면 발렌티노 신부를 살해할 계획이 차일피일 미뤄져 이날에 다다르지 않았을 것이었다. 율리시는 다른 죄수나 평범한 인간들이 도달하지 못할 기품이 몸에 배어 있었다. 따뜻하고 차분한 그 음성에 귀를 기울이면 어떠한 악인의 악행도 힘을 잃고 희미해질 법했다.

율리시라는 세례명은 베드로가 지어 주었다. 율리시는 신이 불러줄 이름이 생겨서 기쁘다고 말했다. 그리고 그 같은 기쁨을 증명하듯 율리시는 그가 저지른 살인의 결백 주장을 멈추고 처한 환경에 순응하는 모범수로 변모했다. 누구나 하길 꺼리는 작업을 도맡았고 잠시 필요에 의해서라도 계산적인 태도를 보이지 않았다. 몸이 불편하거나 끼니를 놓친 죄수들을 치료하고 눈치껏 쉬게 해 주었다. 밤이면 주변으로 몰려드는 동료 죄수들의 하소연을 들어주었다. 그를 따르고 의지하는 죄수들이 늘어났다. 건조하고 무의미하게 그를 대하던 간수들마저 그를 부르는 음성에 안타까움이 배어났다.

베드로는 율리시를 떠올리길 중단했다. 율리시를 떠올리면 하루 종일 그에게 시달리기 때문이다. 제법 두툼해진 어깨가방을 쳐다봤다. 누군가를 죽이기에 차고 넘치는 양이라는 생각이 들었지만, 대단한 거구인 발렌티노의 살찐 몸집이면 적당한 양이라는 게 어느 정도일지 갈피가 잡히지 않았다. 둔해 보이는 몸집

과 달리 예리한 감각을 지닌 발렌티노를 대상으로 주어진 기회
는 단 한 번이라고 믿는 베드로는 실패 다음으로 이어질 상황에
갑자기 겁을 먹었다. 수상한 낌새를 눈치챈 발렌티노가 채찍을
찾는 장면으로 넘어가자 그것이 상상인지 실제로 겪는 고통인지
분간하기가 어려웠다. 베드로는 급하게 무릎을 꿇고 손수건을
찾았다. 버섯이 손수건 안에서 자꾸만 부서졌다. 성경책을 받치
지 않은 나머지 무릎에 진흙이 달라붙었다. 축 늘어진 십자가 목
걸이가 진자운동을 벌였다.

　가쁘게 움직이던 베드로의 손이 멈춘 건 숲이 수상한 소리를
내기 시작하면서부터였다. 기묘한 바람 소리가 일고 높게 자란
나무들에 달린 젖은 잎들이 쪼그려 앉은 그의 머리에 물기를 털
어냈다. 나무의 길고 빽빽한 그림자가 그와 숲을 향해 서서히 펼
쳐지더니 기온이 무섭게 가라앉기 시작했다. 낮 생물이 몸을 숨
기고 밤 생물이 기어 나올 채비를 했다. 베드로는 서둘러 숲을
빠져나왔다. 성당으로 향하는 철로를 걸으며 가방에 담긴 버섯
들을 조금씩 버렸다. 성경책을 넣을 공간이 부족했기 때문이다.

*

　성당 입구 너머에서 바이올린 켜는 소리가 들려왔다. 사람의

신경을 매섭게 만드는 저 형편없는 연주 소리. 다름 아닌 발렌티노의 연주였다. 베드로는 입구 문에 이마를 기대고 숨을 골랐다. 우울, 달리 공포스럽고 울적한 말은 많지만 바로 이거였다. 이 감정은 정해진 주제처럼 지난 세월 베드로를 괴롭혀 왔다. 그리고 이 고통의 주역은 저 자신일 수 있었다.

베드로는 결단을 미뤄 온 자신에게 분개했고 이날에 이른 자신을 다독였고 잠시 뒤엔 입장하길 꺼리는 사람처럼 성당 문을 밀었다. 성화가 그려진 고딕풍 창문 너머로 노을이 떠났어도 창가마다 촛불이 달린 성당은 온기를 머금고 있었다. 발렌티노의 연주만 아니었다면 어디든 앉아 차분히 쉬고 싶었지만, 단상의 미사용 석제 테이블을 차지한 채 연주에 심취한 척하는 발렌티노를 의식하지 않을 수 없었다. 입구 앞에 놓인 예배용 장의자에 어깨 가방을 내려놓은 베드로는 이날따라 비어 보이는, 단상을 향해 두 줄로 늘어선, 장의자를 세어 보았다. 셈은 좌우 각각 일곱 칸을 넘기지 않았다. 이어서 오른쪽에 줄지어진 장의자와 가까운 고해소를 정면으로 바라보았다. 참나무로 제작한 두 칸짜리 부스에 저녁의 푸른빛이 드리워 있었다. 고해소가 이날처럼 정돈되고 신성하게 보이던 적이 있었던가. 저 구원을 위한 뗏목을 보고 있자니 베드로는 문득 자신이 성당에 발을 들일 자격이 없다고 여겨졌고 오랜 세월 자신과 조금도 다를 바가 없는 신도

10

들에게 자비를 행사해 온 것이 위선적으로 느껴졌다.

교화 사제의 신분을 환영하는 교도소도 그랬다. 단지 사제라는 이유로 베드로를 통속적인 성직자로 분류한 죄수들이 존중을 보였다. 그러나 그는 어쩔 수 없이 성직자가 된 세속인이었다. 범죄자들을 상대하기는 처음부터 싫었고 발렌티노의 엄포가 아니었다면 감옥에 발을 들일 일도 없었다. 베드로가 단상을 쳐다보았다. 높다란 벽에 걸린 거대한 십자가의 뾰족한 끝이 발렌티노에게 향해 있었다. 저자도 저 자리에 존재해선 안 된다, 이렇게 생각한 베드로는 준비한 독버섯을 조리할 부엌이 기다리는 복도로 당장 걸음을 옮기고 싶었다. 복도는 단상과 고해소 사이에 있었다. 베드로가 어깨가방을 들었다. 이때 그가 돌아온 걸 짐짓 모르는 척하던 발렌티노가 헛기침을 내었다. 베드로는 발렌티노에게 무관심한 태도를 보이면 형벌이 따르는 이 성당의 율법을 의식해야 했다.

"다녀왔습니다. 신부님."

바이올린 연주가 멈췄다. 바이올린 턱받침에 붙어 있던 볼살이 반죽처럼 떼어졌다. 짙고 두꺼운 검은 눈썹 아래에 달린 발렌티노의 작은 눈이 하나씩 떠졌다.

"고생했어."

몸집이나 육십인 나이에 어울리지 않게 가는 목소리였다. 이

젠 저 살찐 거구에게 뭐라도 덕담을 들려줄 차례였다. 베드로가
말했다.

"연주가 느셨네요. 처음 들어보는 곡 같았습니다."

"그렇겠지. 방금 작곡한 곡이니까."

발렌티노가 살에 묻힌 작은 눈코입을 실룩거리더니 바이올린
과 활을 뱃살이 테이블에 접히는 부근에 내려놓았다. 그러고는
그를 향해 장의자 사이로 걸어오는 베드로에게 물었다.

"듣기에 어땠나?"

단상에 도착한 베드로가 되물었다.

"완성하셨나요?"

"아직, 예술이 그리 쉬운 게 아니라네."

"제게는 그렇게 들렸습니다."

"다 완성된 것처럼 들렸다는 말인가?"

"그렇습니다."

"아, 자네는 정말이지……."

발렌티노가 들뜬 목소리를 내었다.

"율리시를 만나고 오는 길이겠지? 감옥 분위기는 어떻던가? 보
나 마나 마을 광장이 난리가 아니었겠고. 바로 내일이 율리시의
처형식이니까 말이야."

율리시에게 가던 도중 마을 어귀에서 발길을 돌린 베드로였지

만, 마을에서 일어나는 분위기만큼은 잘 알고 있었다.

베드로가 발렌티노의 눈을 똑바로 보며 말했다.

"그럼요. 마을에 들어서자마자 마차가 속도를 잃었습니다."

"처형식 준비가 한창이니까, 그럴 수밖에."

"광장이 웃음소리로 들썩였습니다. 겉옷만 다르지 모두 같은 얼굴이 걷는 듯했지요. 이 마을이 이만큼 활기차던 적이 있었던가 의구심이 들 정도였습니다. 사람들이 내일 있을 처형식을 위해 자발적으로 광장을 비우고, 교수대 제작에 필요한 나무를 실어 나르는 인부들에게 기꺼이 길을 터주었죠. 인부들도 뒤따라오는 아이들을 통나무에 태우고 그들이 온 지방의 노래를 부르면서 광장으로 사라지는 걸 보았죠."

발렌티노의 작은 눈에 힘이 들어갔다.

"맞아, 유명한 사형집행인도 초청했다고 들었어. 전국을 돌아다니면서 교수형을 집행하는 그 전문 사형집행인의 어깨에서 죽음의 기운이 넘친다고 하더라고."

발렌티노가 테이블을 벗어나 콧노래를 흥얼거리며 단상을 걸었다. 그는 그가 만든 분위기에 취해 내일 꼭 처형식을 보겠다고 떠들었다. 그러다가 갑자기 걸음을 멈추더니 입고 있는 흰색 파자마를 내려다보면서 우울한 표정을 지었다. 이유는 알 만했다. 발렌티노는 이날처럼 미사가 없는 날이면 목과 손목, 발목에 앙

중맞은 레이스가 달린 상아색 실크 파자마 차림새를 하고는 기꺼이 유럽 왕족이 되었다. 하지만 그가 평민으로 돌아오는 미사 주간은 딱딱한 카라가 목을 조이는 신부복을 입은 채 애써 불편한 기색을 감춰야 했다.

"내일 신부복을 입을 생각을 하니까. 암담하구먼."

발렌티노가 베드로를 보았다.

"난 베드로, 자네가 부러워."

"네?"

"그 살인마를 담당해 온 사제 자격으로 내일 처형대 단상에 오를 수 있지 않나."

"판사님께 부탁드리면 신부님도 가능하실 거 같은데요."

"그 친구한테? 그럴까?"

발렌티노의 입에서 미세한 술 냄새가 풍겼다. 새벽 일찍 성당을 떠난 판사와 마신 아직 가시지 않은 포도주 냄새였다.

베드로가 나직이 한숨을 뱉었다. 떠올리기 싫은 판사의 모습이 아른거렸기 때문이다. 백구십 센티미터에 육박하는 신장은 딱 그만큼 키인 발렌티노만큼 위압적이었지만, 몸무게는 그 절반에도 미치지 않았다. 나이가 들긴 했어도 날렵한 몸매인 판사는 범죄자라면 의식할 수밖에 없는 또렷한 눈매와 단단해 보이는 긴 코와 깊숙한 인중을 가졌고 굳게 닫힌 입술은 특별한 이유가 없으면 무감각한 상태에서 변화가 없었다. 다문 입 속에서 항상 턱이 벌어져 있어 멍청해 보이는 발렌티노와는 전혀 다른 분위기였다. 과묵한 성격을 닮은 목소리는 낮고 두터워서 발렌티노와 마주 앉아 대화를 나누는 판사를 옆에서 지켜보고 있자면 수다스러운 아내에게 고통받는 남편처럼 보이고는 했다. 정반대 성향을 지닌 둘을 하나로 묶는 건 비밀의 수집과 용처 정도였다.

서로에게 유일한 친구인 판사와 발렌티노는 비밀을 공유하고 때론 비밀을 만들며 둘 사이에 비밀은 없을 거로 생각하는 만약 있다고 한들 비밀이라고 할 만한 게 아닌 '시시콜콜'한 것들이 전부라고 믿는 관계였다. (사형집행인에 관한 이야기도 판사에게 들었다고 생각하는 게 자연스러웠다.) 판사와 술을 마신 주간이면 발렌티노는 어김없이 신도들에게 마을 법정에서 송사 중인 사건을 흘렸다. 그중에는 외부인이 알면 누군가는 커다란 곤경에 빠질 내용이 간혹 포함되어 있었다. 이 정도 이야기를 신도들 앞에서 스스럼없이 털어놔도 되나? 베드로는 그래도 대수롭지 않다는 식인 발렌티노의 태도 때문에 '시시콜콜'의 범위가 궁금했고 판사가 뭘 믿고 발렌티노에게 입을 여는지 여간 이해하기 힘들었다.

발렌티노 신부라면 알아주는 떠버리이지 않던가.

무슨 영문인지 고해소에서 고백한 바가 얼마 가지 않아 사람들의 입에 올랐다. 짚이는 곳이 빤한 이 미스터리는 눈치 빠른 신도들이 고해성사를 기피 하도록 만들었다. 고해소를 소문을 취합하고 분산시키는 허브쯤으로 여기는 발렌티노는 간혹 고해소에 발길이 줄면 장난감을 빼앗긴 아이처럼 지루해했기에 매주 미사를 마무리 지을 때마다 신도들에게 고해성사를 유도했다. 해서 베드로는 판사가 신도들의 귀와 입으로 전해졌으면 하는 내용을 떠버리 발렌티노를 이용해 다소 밀리는 재판에 유리한 여론을 형성하려 하는 건 아닐지 의심했다. 더구나 이 시기는 판사에게 이로운 여론이 절실했다. 은퇴를 앞둔 이 마을의 유일한 판사인 그는 시장 선거를 준비 중이었다. 발렌티노와 함께 마을에서 소문이 자자하던 문제아가 사회적으로 존경받는 위치에 올랐으니 사람들의 흥미를 끄는 모범사례로서 지지를 얻을 만했다. 걸림돌이라면 전임 시장의 높은 지지율이었다.

베드로는 장기 모범수인 율리시가 별안간 사형대로 보내지는 게 우연이 아님을 알고 있었다. 판사는 과거 율리시에게 혹독한 판결을 해 큰 인기를 얻었다. 시간이 지나 시장 선거를 목전에 둔 지금은 율리시를 사형대로 보내어 그때 인기를 다시금 재현하려는 속셈을 지니고 있었다. 그리고 직접 신문사에 입김을 넣어 이번 율리시의 사형에 자신이 관여한 점을 널리 알린 사실 또한 알고 있었다. 이 모두 발렌티노에게 들은 바였다. 베드로는 표면 아래에서 흘러가는 상황과 밀접한 관계를 맺고 있으면서도 저항하지 못하는 자신이 부끄러웠다. 타인의 치부로 여겨야만 겨우 들여다볼 수 있는 외면하기 힘든 부끄러움이었다.

"내가 비밀 하나를 들려줄까?"

발렌티노가 원래 자리로 돌아가 앉으며 말했다.

"궁금하지?"

"네, 무척."

"어쩌면 자네도 알고 있을 이야기야. 아니, 알아도 끝까지 들어봐. 진짜 웃기거든."

발렌티노가 군침을 삼키며 시간을 끌더니 별안간 다른 말을 했다.

"오늘은 최고급 포도주를 구경하는 날이야!"

'웃긴다는 이야기'는 갑자기 포도주에 밀려 온데간데없이 사라졌다. 그 대신 백 년을 보관했다는 포도주, 원산지의 넓은 들판과 햇빛에 관한 묘사, 술맛을 아는 사람이라면 살아남기 힘들 거란 너스레. 누군가 제 기분을 알아주길 바라서가 아니라 정말로 기분이 좋아서 나오는 한껏 들뜬 목소리로 그 구경하게 된다는 최고급 포도주를 자랑했다. 단상에 오래 묶여 있고 싶지 않던 베드로는 의기양양한 발렌티노의 음성을 한 귀로 흘러버리는 식으로 그를 무시했다. 아침까지 마신 술이 덜 깼거니 하는 이해심도

17

발휘하지 않았다. 그저 최고급 포도주를 설명하느라 흥분상태에 빠진 발렌티노가 바이올린 활을 들었다가 내려놓길 반복하는 걸 지켜보았고 그가 벌떡 일어나 단상 벽면에 놓인 네 개의 미사 의자 가운데에서 하나를 집어 테이블로 돌아오는 걸 보았다. 저녁 식사마다 베드로가 앉아야 하는 의자였다.

발렌티노가 말했다.

"식사 준비해야지?"

"네, 신부님."

베드로는 기다렸다는 듯이 단상을 내려와 복도가 있는 왼편으로 몸을 틀어 그 안으로 들어갔다. 문이 없어 속이 훤히 보이는 부엌이 복도 입구에서 정면으로 보였다. 부엌 입구의 양쪽에는 발렌티노와 베드로의 방이 마주 보고 있었다. 베드로는 잠시 방에 들러 편한 복장으로 갈아입을까 고민했지만, 한 번 움직이기 시작한 두 다리가 계속 걷도록 내버려두었다. 부엌으로 들어간 베드로가 나무 식탁 위에 어깨 가방을 내려놓았다. 부엌 창문 아래에 놓인 아궁이에 솥을 올렸고, 우물에서 길어온 물을 담아 놓는 양동이에서 물을 떠 솥에 부었다. 장작은 잘 타들어 갔다. 그제 오늘 내린 비로 땔감이 습해졌을지 걱정했지만 괜한 우려였다.

베드로는 물이 끓기를 기다리는 동안 가방에 든 독버섯을 식탁 위에 부었다. 으깨진 버섯 조각 몇 개가 발치에 떨어졌지만 줍지 않고 발로 비벼 일단 흔적을 지웠다. 일을 마치면 물청소할 계획이었다. 밖에서 바이올린 소리가 재개되는가 싶더니 저녁 식사를 서두르라는 목소리가 들려왔다. 칼을 쥐고 독버섯을 다지는 베드로의 손이 빨라졌다. 물이 끓으면서 좁은 부엌에 습한 열기가 돌기 시작했다. 이마에 땀방울이 맺혔다. 답답한 사제복을 갈아입는 게 나았다. 촘촘하게 자르고 다진 독버섯을 솥 안에 집어넣고 뚜껑을 닫았다. 베드로는 솥을 채운 물이 두 마디 정도 낮아질 때까지 기다리기로 했다. 버터를 넣기 전에 버섯을 부드럽게 삶아야 했다.

숲속의 나뭇잎들이 바스락거리는 소리가 나더니 한차례 세찬 바람이 불어왔다. 바람은 키 낮은 부엌 창 밑에 서 있는 베드로의 머리를 지나 복도 밖으로 사라졌다. 이마가 시원해진 베드로가 눈을 감고 두 번째 바람이 불어오길 기다렸다. 빗방울을 머금은 시원한 바람이 그의 얼굴에 또 한 번 흩날렸다. 부엌의 열기도 그런 식으로 식혀졌다.

베드로는 헛간만큼 부엌을 좋아했다. 벽과 천장을 칠한 회색 반죽이 전달하는 서늘한 기운이 정신을 맑게 했다. 그리고 십자가가 걸려있지 않은 공간은 이 두 군데가 유일했다. 낮과 밤을 향해 열려 있는 부엌 창문은 감옥의 접견실을 떠올리게 했다. 4층 감옥의 가장 높은 층에 있는 접견실은 하늘을 떠도는 구름 말고는 내리는 햇빛을 감추지 못했다. 베드로는 율리시를 떠올렸다. 간수에 의해 접견실 문이 열리면 창문 아래에 선 율리시의 뒷모습이 보였다. 앙상한 두 어깨에 걸린 하얀색 죄수복. 가느다란 목을 감싼 긴 머리카락. 볕이 들지 않는 독방을 빠져나와 맞이하는 햇빛이 율리시에겐 신이 들려주는 꿈결의 언어처럼 감미롭게 느껴졌을 것이다. 율리시는 창문 안으로 들어오는 햇빛을 받으며 긴 눈을 감은 채 미소를 머금기도 잠깐씩 인상을 찌푸리기도 했다. 그러면 시간은 본분을 잊고 율리시의 미세한 떨림에 요동치며 흠뻑 적셔지고 끌어올려져 앞으로도 뒤로도 흘렀다.

숲이 감싼 작은 부엌 창문을 통해 율리시를 흉내 내본다. 그러면 베드로는 무언가를 초월한 자신, 율리시에게 가까워진 자신을 경험한다. 근심이 사라지고 웬만한 일들은 용서할 만한 시시한 것들이 된다. 정신이 배꼽 부근으로 가라앉으면 신을 대신해 사람들을 축복하고 죄의 용서를 선언하는 자격이 생겼다는 착각이 든다. 달리 말해 사제 그 자체의 역할을 수행해 내는 착각이다. 베드로는 죄수와 사제가 아닌 관계로 율리시를 만나고 싶었다. 접견 시간을 넘긴 그들을 바라보는 간수의 얼얼한 시선도 뜻밖의 조합을 이룬 죄수들의 아우성도 없는 조용하고 드넓은 장소에서 방해받지 않는 시간을 보내고 싶었다. 둘 사이에 장막처럼 드리운 신분을 벗어던지고 아무런 근심도 없는 사람들처럼

20

서로가 간직해 온 비밀을 노닥거리고 싶었다. 만약 그가 사형대에 오르기 대신 좀 더 오래 살아남아 교류를 이어 나갈 수 있었다면 발렌티노 신부를 대상으로 한 살인 계획은 생기를 잃고 나른함에 길을 잃었을 텐데, 베드로는 부엌 창가에서 멀어지며 아쉬워했다.

불규칙적으로 터져 나가는 수프 방울이 베드로의 심장을 두드렸다. 변수는 없다. 없을 것이다. 국자로 수프를 저으며 같은 말을 되뇌면서도 버섯 한 조각을 더 갈아 넣어야 할지 걱정스러웠다. 거구인 발렌티노에게 이 정도는 턱없이 적은 양이라서 배탈 정도로 끝나는 그림이 그려졌기 때문이다. 고작 첫 스푼으로 절명에 이른 발렌티노보다는 나을지 모르지만.

계획하길 이 살인의 결론은 자살이었다.

저녁 식사를 마친 발렌티노는 제 발로 그의 방을 찾아가 침대 위에서 용서를 구하는 죽음을 맞이해야 했다. 그의 머리맡에 놓일 유서는 사제복 소매 안쪽 주머니에서 잠자고 있었다.

베드로가 등을 돌려 복도를 내다보았다. 우측에 늘어선 장의자와 좌측에 놓인 고해소가 멀찌감치에서 한눈에 들어왔다. 그것들을 성당에서 흐르는 따뜻한 촛불이 감싸고 있었다. 머지않아 독버섯을 대접받은 발렌티노의 거대한 그림자가 좁은 복도를 채우며 안으로 들어온다. 정신을 잃어가는 그의 손이 방 손잡이를 더듬어 미는 데 성공하자 곧바로 방 안으로 들어가 침대에 누워 최후를 맞이한다.

부디 신의 가호가 있기를. 부디 신의 가호가 있기를.

*

단상으로 돌아온 베드로의 손에 은쟁반이 들려 있었다. 조심스럽게 미사 테이블에 은쟁반을 내려놓았고 다음으로 수프가 담긴 접시를 발렌티노 앞에 꺼내 놓았다. 그러자 발렌티노의 손이 날아와 아직 쟁반에 있던 스푼을 쥐고 그대로 수프를 한입에 넣으려 했다. 일이 이렇게 쉽게 끝나나 하던 순간 발렌티노가 저지를 뻔한 실수를 뒤늦게 정정하듯 사납게 쥐고 있던 스푼을 접시 옆에 놓고는 두 손을 가지런히 모아쥐고 식전 기도를 올리기 시작했다. 발렌티노의 조곤조곤한 목소리가 성당 안을 가볍게 누볐다.

베드로는 그가 오늘따라 어째서 이러는지, 왜 이토록 서두르는지, 설마 무언가를 눈치채고 하는 행동인지 판단할 수 없어 불안했다. 좌우로 긴 미사 테이블 양쪽 끝 가에 하나씩 놓인 은촛대가 베드로의 눈가에 들어왔다. 은은한 빛을 발하는 촛불이 이날따라 살집에 비해 눈코입이 작아서 텅 비어 보이는 발렌티노의 얼굴을 비추고 있었다. 발렌티노의 오른손이 닿는 곳에 나란히 놓인 바이올린과 활이 보였고 여섯 장인 빈 악보와 깃털 달린 펜과 잉크가 그 곁에 가지런히 놓여 있었다. 이 모두 베드로가 부엌을 지키던 사이, 테이블 위에서 벌어진 작은 변화들이었다. 발렌티노가 도움을 구하는 일 없이 손수 저녁상을 받을 준비를 해놓다니 베드로는 내심 놀랐다. 그가 앉을 의자가 발렌티노에 의해 준비되는 걸 보았을 때처럼 조화롭지 못한 기분이었다.

  발렌티노는 성당에서 벌어지는 온갖 일들을 모두 베드로에게 맡기고는 자기 볼일을 찾아 외출하거나 곡을 쓰며 시간을 보냈다. 만약 말하기를 좋아하지 않았다면 매주 미사 말씀도 베드로에게 맡겨왔을 그였다. 차라리 그랬더라면, 미사 말씀을 베드로가 대신해서 준비해 왔더라면 성경책을 꼼꼼히 읽어 그 속에 담긴 진실한 덕목의 속 깊은 해석을 해냈을 텐데. 단지 신부 발렌티노가 누리는 에덴의 소사에 불과하던 베드로는 성숙해질 기회를 잃었고 그 결과로써 용서의 가치를 알지 못하게 되었다. 고아 신세로 이곳 성당에 처음 도착한 열 살 모습에서 골격이 자라고 살집이 붙었지만, 또래문화를 겪은 적 없는 정신은 척박한 땅에서 돋아난 싹처럼 길게 뻗질 못했고 공급되는 영양분이라고는 이곳 성당에서도 한눈에 보이는 마을 감옥에 갇힌 죄수들을 만나러 나가는 일주일에 한 번뿐인 외출이거나 발렌티노가 들려주는 세상 돌아가는 이야기가 전부였으니 만약 타고나길 둔감하지 못했다면 그의 살인은 보다 앞당겨지고 모질었을 터였다.

베드로는 이해할 수 없는 일투성인 가운데 잊고 있던 최고급 포도주를 떠올렸다. '오늘이 그 대단한 걸 구경하는 날이라고 했었지.' 베드로는 마리아의 성화가 그려진 성당 창문을 올려 보았다. 형형색색인 창문이 어둠으로 물들어 있었다. 이 밤에 숲속을 걸어온 누군가가 포도주를 전해 주고 돌아간다는 의미일지 믿기 힘들었다.

기도 막바지에 이른 발렌티노의 얼굴에 엷은 미소가 드러났다. 베드로는 그의 입 속으로 수프가 들어가길 확인하면 곧장 부엌으로 돌아가겠노라고 마음먹었다. 부엌에 앉아 복도로 들어오는 발렌티노를 기다렸다가 방을 찾아 들어간 그가 죽음에 이르면 준비한 유서를 머리맡에 놔둘 계획이었다. 만약 수프를 뜬 발렌티노가 곧장 절명에 이르러 제 방을 찾아오지 못한다고 해도 베드로는 한동안 부엌에 남아 시간을 보내려 했다. 그렇게 혼자인 시간을 보내고 다시 단상으로 돌아왔을 때는 마치 자신이 저지른 일과 무관한 어떤 결과가 벌어져 있길 바랐다. 양심의 가책일지 아니면 끔찍한 장면을 기억 속에 남기고 싶지 않은 것인지 모르지만 이것이 발렌티노와 이별하는 가장 좋은 결론 같았다. 식전 기도가 멈췄다. 이윽고 기분 좋은 꿈에서 깨어나듯 발렌티

노가 미소를 지으며 눈을 떴다. 그러고는 베드로를 올려다보며
의아하단 듯이 말했다.

"식사 시작."

베드로는 그가 한 말을 듣지 못한 척 멍한 눈으로 촛불을 보았
지만, 높아진 언성으로 같은 명령이 떨어지자 앞서 준비된 의자
에 앉아야 했다. 발렌티노 옆에 앉은 베드로가 그의 살찐 허벅지
틈에 손을 집어넣었다. 작은 성기가 걷잡을 수 없이 커졌다.

발렌티노는 성욕과 식욕을 동시에 채우는 저녁 식사 시간을
좋아했다. 미사 테이블에 진열된 풍족한 음식을 맛보면서 그가
지배한 젊은 사제의 손길을 탐닉하는 식으로 신과 근접한 자신
의 위치를 확인했다. 발렌티노는 베드로가 범접하지 못할 만큼
영리하고 육체적으로도 비교할 수 없이 강하다는 사실을 스스로
알고 있었다. 사제와 단 둘뿐인 여기 숲속의 성당에서 그는 그가
원하는 행위를 마음대로 고집할 수 있었고 고압적이지 않고도
상대방에게 특정 행위를 제안하기에 아무런 어려움이 없다는 사
실 또한 잘 알고 있었다. 순진한 신도들을 무장 해제시켜 존중을
받아내는 일이 그랬다. 실상 그가 성경책을 읽는 날은 극히 드물
며 조금이라도 읽은 날은 정신이 멍해진 광인처럼 반나절 이상
앉아 있어야 했지만, 성직자가 구할 수 있는 가장 두꺼운 성경책
을 옆구리에 끼우고 사람 좋은 미소를 무심코 흘리면 쉽게 그들

을 이끌 수 있었다.

 베드로는 발렌티노가 괴물이 된 데에 특별한 이유, 삶을 송두리째 바꾸게 만드는 유년 시절의 강렬한 트라우마나 그와 비슷한 어떤 계기가 있는 거 같지 않았다. 그보다는 그의 타고난 됨됨이가 그를 지배하는 듯 보였다. 베드로에게 발렌티노는 하나의 현상이었고 외부로부터 영향을 받지 않아 보인다는 면에서 신적인 인간으로 여겨지곤 했다. 비록 그런 일은 일어나지 않았지만, 베드로는 발렌티노의 추악함을 주교에게 밀고하려 했었다. 발렌티노에게 갇힌 채 무너져 내리는 자신의 인생과 순진한 신도들을 구제하기 위한 위험한 자구책이었다. 하지만 여러 가지 정치적인 이유로 그들이 달가워하지 않을 것 같았다. 문제를 키울 바에야 숲속의 작은 성당 정도는 붕괴하는 편이 나으리란 판단이 그들로서는 쉬운 결정이었다. 그게 아니면 사제를 배신자로 낙인찍어 어느 성당도 받아주지 않게끔 할지 몰랐다. 베드로는 형식에 집착하는 그들의 속내를 잘 파악하는 자신이 놀라웠다. 교활한 발렌티노에게 길러지며 얻게 된 일종의 직관적인 깨달음이었을지 그는 알 수 없었다.

 성기를 쥔 손이 느슨해지자, 발렌티노가 베드로를 노려보았다. 놀란 베드로는 저리는 손을 계속해서 움직였다. 발렌티노의 호흡이 거칠어졌다. 야릇한 음이 뒤잇고 적나라한 음계에 도달

해선 한껏 정점으로 치닫더니 안정을 되찾은 감각이 주위를 둘러보며 우아하게 내려왔다. 등받이에 온 힘을 가했던 발렌티노의 상체가 앞으로 숙어졌다. 그는 그 상태로 아주 천천히 수프를 떠 입으로 가져다 넣었다. 이어지는 또 한 입. 식사용 냅킨으로 손을 닦은 베드로가 이 모습을 지켜본 다음 일어났다. 부엌으로 들어가기 전까진 아무런 파멸의 소리가 뒤따라오지 않기를 기대하면서 내려가는 낮은 계단을 한 칸씩 냉정하게 밟았다. 그런 그의 귓가로 수프 맛을 감탄하는 발렌티노의 육성이 들려왔다. 베드로는 거의 경악한 표정으로 뒤를 돌아보았다. 발렌티노가 흡족한 표정으로 접시를 비우고 있었다. 베드로는 저도 모르게 단상을 단번에 올라와 그에게 가까이 다가섰다. 이걸 다행이라고 여겨도 될까. 스푼을 쥔 발렌티노의 손가락이 하얗게 변해 있었다. 얼굴은 그보다 더욱 하얗게 변했고, 목부터 시작된 푸른 혈관이 앙상한 곤충의 다리처럼 얼기설기 겹친 채 이마까지 번져 있었다.

발렌티노가 말했다.

"이거 정말 맛있구먼. 더 있나."

베드로는 실핏줄이 터져 붉게 변한 발렌티노의 눈을 보았다.

"더 있냐고."

"가져다드릴까요?"

"가져와. 당장에."

발렌티노가 화난 사람처럼 목청을 높였지만, 그조차 모르는 것 같았다. 베드로는 서둘러 부엌을 찾아 복도로 달려갔다. 새 접시를 찾아내 벌써 기름막이 생긴 수프를 두 국자 퍼냈다. 수프의 향긋한 냄새가 역겹게 느껴졌다. '무슨 일이 생긴 거지. 왜 죽지 않는 거지? 설마 독버섯에 면역이 있는 인간일까. 아니다. 얼굴에 핀 시퍼런 흉은 그렇게 설명이 되지 않는다. 저대로 죽지 않고 살아남으면 어떡하지. 그전에 촛대에 비친 제 얼굴을 보기라도 한다면?' 베드로는 벌벌 떨리는 손으로 새 접시에 담은 수프를 도로 솥에 붓고 부엌 찬장에서 가장 큰 접시를 찾아냈다. 국자가 솥 바닥을 긁었다. 가라앉아 있던 진득한 수프가 커다란 접시로 옮겨졌다.

"서둘러!"

참을성을 잃어버린 발렌티노의 목소리가 성당을 울렸다. 서두르던 베드로가 부엌을 막 빠져나가던 걸음을 멈추었다. 그는 선 채로 잠시 이성이 실패를 기정사실로 받아들이는 걸 지켜보았다. 만약 변한 얼굴을 보게 된다면 알레르기를 의심하는 식으로 원인을 내부에서 찾을 발렌티노가 아니었다. 그는 의심이 많은 만큼 감각이 좋고 일단 움직이기 시작하면 반드시 소득을 챙겼다. 독이 오른 얼굴보다 더욱 파랗게 질려선 살해 시도를 들킨 사제의 변명 따위는 들리지 않을 게 분명했다. 그렇게 되면 당장 맞아 죽거나 운이 좋더라도 사형은 면할 수 없었다.

죽마고우이자 마을의 유일한 판사는 사제의 사정 따윈 뭉개 버릴 권능을 지니고 있었다. 베드로는 식탁에 접시를 올려놓았다. 그러고는 사제복 왼쪽 소매 주머니에서 유서를 꺼내어 오른 쪽 소매에 넣은 다음 버섯을 자르는 데 사용했던 칼을 왼쪽 소매 주머니 안으로 집어넣었다. 금속성의 무게감이 비스듬히 내린 팔 끝에 전해졌다. 막상 일이 틀어지면 주저하지 않을 생각이었다. 베드로는 자살과 독버섯을 결부시키기 이전부터 칼과 유혈의 이미지를 떠올렸고 살인이 이런 식으로 이뤄지길 바라왔었다. 칼에 난자되어 불타오르는 시체를 뒤로하고 어딘가를 향해 철로를 걷던 그날 저녁처럼.

*

발렌티노의 원성은 수프가 놓이면서 잠잠해졌다. 접시는 순식간에 비워졌다. 발렌티노의 얼굴을 강타한 번개가 아까보다 굵고 파래졌고, 인간의 본질을 잃어버린 눈은 더욱 진한 붉기로 물들었다. 그 얼굴을 보는 것만으로 현실감각에서 한 발을 뺀 기분이 들었다. 발렌티노가 접시 테두리를 스푼으로 툭툭 쳤다.

"다른 식사는 필요 없겠어. 수프 하나면 될 거 같아."

당연히 수프 말고는 준비한 음식이 없었다. 베드로가 물었다.

"더 가져다드릴까요?"

발렌티노가 의자에 기대어 트림 섞인 입으로 말했다.

"부탁하지."

그 뒤로도 베드로는 같은 동선을 세 차례 더 오갔다. 그때마다 발렌티노의 칭찬이 이어졌고 베드로는 거의 울먹이는 심정으로 겸손을 차렸다. 솥은 네 번째 접시에서 바닥을 드러냈다. 마지막 접시가 놓이자 발렌티노는 그제야 베드로가 먹을 수프가 남았는지 궁금해했다.

"저는 식사를 준비하면서 먹었습니다."

베드로가 은촛대에 비친 발렌티노를 보았다. 깨끗하게 닦인 촛대의 결을 따라 옆으로 길게 휘어진 입술이 수프를 씹는 그때마다 우스꽝스럽게 일그러졌다. 베드로는 발렌티노의 죽음이라는 빚이라도 진 것 같은 이 찝찝한 문제가 저절로 해소되길 바랐지만, 발렌티노의 신체를 정복 중인 질긴 생명력은 아직 그럴 생각이 없어 보였다. 스푼을 쥔 발렌티노의 집게손가락이 촛대 안에서 길게 늘어나 어딘가를 가리켰다. 그 끝이 그를 비춘 촛대일 수도 그 옆에 놓인 바이올린일 수도 있었다. 어느 쪽이지? 하는 이 물음은 발렌티노의 말 한마디로 판가름이 났다.

"자네가 계속 저걸 보고 있더군. 나도 그랬었지. 신기하기도 하고 부럽기도 하면서."

발렌티노가 바이올린을 가리키던 손가락을 거두었다.

"베드로, 자네는 내가 곡을 쓰는 이유를 아나?"

베드로가 머리를 가로로 저었다.

"오로지 신만이 창조하거든."

발렌티노의 손이 악보를 적듯 허공을 휘저었다.

"그리고 불변하지."

"불변하다니 신부님 곡이 말입니까?"

"신을 말한 거네. 창조자시고 불멸하신."

"신은 정의로우시겠죠?"

"그러기를 바라야지. 다들 그렇게 믿고 있으니까."

발렌티노가 펜과 오선지를 집더니 음표를 그리기 시작했다. 예술가라는 내면에 감춰진 또 다른 인격을 불러온 것에 흠뻑 취한 얼굴이었다. 베드로는 발렌티노가 작곡을 즐기는 이유를 알았다. 발렌티노의 실력으로는 다른 음악가들이 만든 곡을 연주할 수 없었다. 그의 곡은 매번 즉흥적이었고 두 번 다시 연주할 마음이 없었기에 따로 악보로 남기는 행위조차 불필요했다. 그럼에도 화려한 깃털이 달린 펜을 고집하며 어두운 밤 촛불에 의지해 글을 적어나가듯 음표를 그리는 까닭은 곡보다 곡을 쓰는 자신을 사랑했기 때문이다. 그리고 아직 음감이 발달하지 못한 순진한 아이들도 연주보다는 연주자에게 흥미를 느끼기 마련이다.

주일 일정을 마치면 발렌티노는 신분을 숨기고 이웃 마을을 방문했다. 바다에 의지해 생계를 꾸리는 이웃 마을은 종교적 오지인 탓에 모두를 아우를 만한 단일한 음악도 희망적인 예언도 없었다. 이곳에 나타난 그가 바이올린 연주를 시작하면 멋모르는 어린 소년들이 모여들어 백사장에 반짝이는 사금이 되어 주었다. 연주는 하늘이 우주와 같은 색에 근접하는 저녁이 되고 나서도 떠나지 않는 한 소년이 남을 때까지 계속된다. 발렌티노는 연주를 멈추고 소년에게 온화한 미소를 띤다. 그러면 소년은 그의 말을 잘 따른다. 그가 하는 행위를 똑같이 따라 한다. 그가 손을 뻗쳐 무릎에 은밀한 전조를 심어주면 소년은 영문 모르고 그의 행동을 따르는 것이다.

발렌티노가 펜을 놓고 바이올린을 들었다. 다행히 연주는 방금 써 둔 부분에서 더 이상 진행되지 않고 멈추었다. 턱받침을 떼어낸 발렌티노가 성당 창문에 걸린 달을 보았다. 그렇게 한참을 바라보더니 심각하게 입술을 움직였다.

"그런데 왜 묻지 않나? 웃기는 이야기가 있다고 했는데. 왜 묻지 않냐고."

정신이 멍해진 베드로는 뒤늦게 말을 듣기 시작한 독버섯의

효과라고 믿고 싶었다.

발렌티노가 이어서 말했다.

"판사가 술에 취해서 돌아간 거 알지?"

"네, 해가 뜨기 전까지 드셨죠."

발렌티노의 입에서 웃음이 흘러나왔다.

"술 한잔하면서 그 친구하고 율리시 이야기를 나눴는데……
나누다가 그 친구가……."

웃음 때문에 말문이 막히길 반복했다.

"글쎄 뭐라고 하는지 아나? 나한테 이것만큼은 아무에게도 말
하지 말아 달라면서 그러면 절교를 선언할 거라면서…… 그 율
리시한테 살해당한 여인숙 주인 여자가 자기 정부였다고 고백하
는 거야."

발렌티노의 얼굴에 핀 파란 핏줄이 터질 듯이 부풀어 올랐다.

"그걸 모르는 사람이 누가 있다고. 자네도 알고 있었지?"

베드로가 고개를 끄덕였다. 여인숙 주인과 판사의 관계를 모
르는 마을 주민은 거의 없다시피 했다. 그녀와 관계를 맺은 남자
들 사이에서 퍼져나간 이 소문은 돌고 돌아 이제는 누구도 신경
을 쓰지 않을 만큼 기정사실로 받아들여진 지 오래였다.

"그래, 자네라고 모르지 않겠지."

이렇게 중얼거린 발렌티노는 한동안 말을 잇지 않았다. 청력

을 잃은 사람이 갑자기 나타난 사물에 해석을 기울이는 눈빛을 보내듯이 한참 동안 접시를 바라보고 나서야 입술을 열었다.

"마을에서 알아주는 걸레를 사랑하다니. 그 친구는 부끄러워 해야 해. 정말 부끄러워야 한다고."

"방금 사랑이라고 하셨나요?"

베드로가 놀라서 물었다.

"맞아, 사랑. 술에 취해서 무슨 소리를 지껄이는지도 몰랐을 거야. 그러다 덜커덕 진심이 나와 버린 거지."

"진심인지는 어떻게 아셨나요?"

"함부로 사랑 같은 걸 입에 담는 친구가 아니야. 어쨌든 자네 는 정말 입을 무겁게 해야 해. 명망 있는 자의 어리석음은 돈벌 이가 되니까."

"걱정 안 하셔도 됩니다."

"실수라도 조심해야 해. 그 친구가 날 죽일지도 몰라."

"누가 신부님을요?"

잠시 침묵에 빠진 발렌티노가 잔잔하게 흔들리는 호흡으로 말 했다.

"어떤 사랑은 수치심을 준다네."

여인숙 주인에 대해 별로 들은 바가 없던 베드로는 그녀의 나 이나 아이가 있는가 하는 세밀한 부분을 알지 못했다. 다만 어떤 미인이라도 쉽사리 눈길을 주지 않는 판사를 사로잡은 만큼 그녀가 독특한 매력을 지닌 여성이라는 건 쉽게 추측할 수 있었다. 그 때문에 베드로는 두 죽마고우가 간밤에 나눈 대화의 본질을 가볍게 수정할 수 있었다. 먼저 율리시의 처형이 화두에 오르고 여인숙 주인 여자의 이야기가 끼어든 것이 아니라, 아직도 그녀를 잊지 못하는 판사가 율리시의 이야기를 꺼냈다는 식으로. 베드로는 푹하고 고개를 숙인 발렌티노의 정수리를 보았다. 우울해 보이는 그의 분위기가 어색했다. 판사의 사랑 고백이 의도했던 만큼 즐겁지 않아서 실망하는 기색이었을지. 아니면 하나뿐인 친구가 오래전에 살해당한 정부를 애틋한 존재 이상으로 여기는 걸 바로잡아 주지 못해서 후회하는 걸지 알기 힘들었다.

발렌티노는 배가 부르고 나서야 격식을 차리기 시작한 아이처럼 아주 느린 속도로 남은 수프를 먹었다. 얼굴에 핀 푸른 가지가 아니었다면 야생 버섯을 독버섯으로 오해하고 잘못 골라온 거라 믿었을 터였다. 베드로가 오래 서 있느라 뻣뻣해진 다리를 움직였다. 테이블에서 조금 뒤로 멀어졌다가 다시 다가오는 고작 두세 걸음에 불과한 움직임이지만 훨씬 나아진 기분이었다. 테이블 주변을 벗어나지 못하고 발이 묶인 상태가 길어졌다. 창백하게 뜬 창 너머에 달과 단상 벽에 붙은 십자가에 눈길을 주었지만 어느 쪽도 길게 가지 못하고 발렌티노에게 시선을 도로 돌리길 반복했다. 발렌티노가 입가에 묻힌 수프를 혀로 닦아냈다.
수프가 걷힌 입술이 하얗게 질려 있었다. 피멍이 든 눈, 새파란
혈관이 둥지를 튼 피부, 거칠고 하얀 입술이 합쳐진 기괴한 조화
가 단번에 그를 죽이지 못한 베드로에게 조롱으로 다가온다기보
다는 삶과 죽음 사이에서 섬세한 균형미를 갖춘 모습으로 받아
들여졌다. 발렌티노의 검은 동공이 좌우로 무겁게 움직이더니
베드로에게 물었다.

"살인을 한 자들이 죄책감을 느낄까?"

"살인이요?"

심장이 덜컹 내려앉았다. 그가 수상한 눈치라도 챈 건 아닐지
불안했다.

발렌티노가 말했다.

"율리시는 아직도 억울하대?"

가슴을 쓸어내린 베드로가 대답했다.

"받아들인다고 했습니다."

"받아들여? 뭐를? 억울한 사정을?"

"주어진 운명을요."

"안 잡힐 수 있었는데 붙잡혀 들어온 게 억울하단 소리겠네.
감옥에서 십오 년이나 썩어 지냈으면서 고작 깨달은 게 그건가."

"그런 뜻으로 한 말이 아니었습니다."

"그러면 뭔데? 아, 살인을 저지를 운명이었다는 건가 보군. 자네도 그런 운명이 따로 있다고 믿나? 그러니까 살인자의 운명 말이야."

베드로의 표정을 살핀 발렌티노가 어렴풋한 미소를 띠었다.

"신학적 예정설을 지지해야 할 사제가 예정된 타락을 고민 안 해 본 모양이군?"

발렌티노는 베드로를 추궁하지 않았다. 율리시를 들먹였어도 처음부터 이 질문은 베드로로 하여금 베드로 자신이 저지른 오래전 사건을 떠올리게 하려는 의도였다. 하지만 대화를 이어 나가봤자 이날따라 멍해 보이는 사제의 얼굴이 의도하는 바를 파악하지 못할 것이 분명해 보여서 발렌티노는 실망만 얻었다. 실은 이런 식으로 화가 치밀어 오르기가 한두 번이 아니었다.

해마다 베드로가 처음 성당에 온 날을 기념하는 연주곡에 베드로의 고향인 로제의 앞 글자를 따 RZ라는 제목을 달아도 돌아오는 반응이 없어서 몹시 실망했었다. 베드로에게 어려운 문제였을지 모른다고 생각한 발렌티노는 한발 더 나아가 '자식이 부모를 살해하고 도주한 사건'이나 그와 유사한 사건이 기사에 실리는 날이면 죄인을 위해 용서의 기도를 올리자는 식으로 노골적인 단서를 베드로에게 흘려 세상만사를 꿰뚫고 있는 제 존재감을 과시하려 들었지만, 베드로가 그조차 눈치채지 못했기에 오히려 의중을 모르는 척 자신을 무시하는 건 아닌지 의심이 들고는 했다.

그러나 둔감하다는 점 말고는 베드로가 흡족한 발렌티노였다. 베드로는 고분고분했고 여간해서는 명령을 따랐다. 성격이 깔끔해서 따로 지시를 내리지 않아도 성당을 깨끗하게 관리했다. 비밀 유지가 잘되는 무거운 입은 대화거리를 폭넓게 했으며 인생을 거친 활동반경이 성당과 마을로 한정되어 있어서 통제가 수월했다. 어린 시절부터 성당에 필요한 노동으로 단련된 튼튼한 몸은 허투루 아프지 않아서 돈이 나가는 경우가 드물었고, 손재주가 좋아 음식솜씨가 탁월했다. 미사 테이블에 앉아 음식을 기다리는 발렌티노에게 베드로는 새로 익힌 솜씨를 모조리 꺼내 놓았다. 그다지 손 갈 곳 없는 재료들이지만 한입 물면 설명하기 힘들어도 분명 색다른 맛으로 바뀌어 있었다. 홀로 성당을 꾸리던 발렌티노는 그의 기도가 이뤄진 것 같은 이 조화로운 일상이 언젠가 꺼내 볼 일화처럼 느껴지고는 했다.

베드로는 발렌티노를 위해 가장 적절한 순간에 나타나 주었다. 달빛도 어쩌지 못하는 짙은 밤이었다. 밤새도록 철로를 따라 걸어온 어린 베드로가 성당을 두드렸다. 발렌티노가 나왔을 때는 거의 죽어가는 목숨처럼 힘이 없었다. 발렌티노는 무언가에 그을린 베드로의 얼굴을 닦아내고 간병했다. 며칠 뒤 기운이 오른 얼굴에 윤곽이 잡히자 베드로가 이웃 마을인 로제에서 보았던 아이임을 알아볼 수 있었다. 바이올린을 만져 보려 주위로 몰려든 아이들과 달리 열 살 베드로는 병든 어머니가 있는 집으로 일찍 돌아가야 했다. 발렌티노는 정복하지 못한 유일한 꼬마를 생각하며 기도했다.

"저 아름다운 아이를 소유하도록 도와주십시오."

어느 날 인사불성으로 취해 방으로 돌아와 침대에 누웠을 때였다. 발렌티노는 베드로의 머리카락이 베개에 붙어 있는 걸 보았다. 어디서 붙어 있다가 여기에 묻었을까, 라는 물음은 그 검은 머리카락을 한눈에 알아보던 기쁨에 묻혔다. 아닐지도 모른다는 진부한 걱정은 기쁨을 감추기 위한 작은 술수에 불과했다. 발렌티노는 어느 때보다도 미묘한 흥분감에 도취되었다. 방안의 열기를 홀로 감당하며 그의 두근거리는 심장과 이어진 베드로의 머리카락을 만지작거렸다. 그러자 저도 모르게 초자연적인 토속의식을 치른 양 그 자리에 없는 베드로의 시선으로 그 알몸이 보인다는 착각이 들었다. 발렌티노는 필요 이상으로 자극받기 시작했다. 잠들 이유를 찾을 수 없었고 당장 로제로 달려가 나신을 드러내고 싶은 욕구만 들끓었다. 이를테면 욕망이란 감정에 녹초가 되고 있었다. 그는 작은 뒤척임마다 두둥실 떠오르며 어쩔 도리 없는 위험천만함과 무기력함을 동시에 견뎌야 했다. '그 꼬마가 내게 했던 것처럼 또 한 번 마법을 부려 지구상 모두를 멈춰 버린다면, 그래서 어미년이 돌이 되고 아비 놈이 굳어져 우리 둘만이 육신을 다룰 수만 있다면…….' 점점 과열되는 머리는 이성의 채찍질을 고삐 질로 받아들여 당장 곁에 없는 베드로를 괴롭히고만 싶어 했다. 발렌티노는 침대에 힘껏 배를 붙이고 입술로 그 머리카락을 물었다.

젊은 시절에 얼마 안 되는 강한 확신만큼이나 사람을 미치게 만드는 게 또 있던가. 신앙심이 없음에도 바라는 것이 많아 기도를 놓지 못하던 발렌티노는 막상 응답이 이루어지자 자신감을 얻었고 그 자신감을 숭배하기에 이르렀다. 더 이상 기적은 막연한 무언가가 아니었다. 기도를 통해 얻은 '기대하지 못했던 심상치 않은 결과'는 일상적인 사고방식에 제동을 걸어와 저 자신을 달리 보이도록 만들었다. 평범한 인간을 벗어나 신의 의지로써 혜택을 누리는 자라는 착각에 빠져든 것이다. 새로운 국면으로 접어든 사고는 이전과 달리 당당한 목소리를 갖게 했다. 걸음마다 지면을 밟는 힘이 또렷했고, 구름 위의 태양마저 저를 위해 마련되었다는 착각이 들었다.

과도한 정신적 고양 상태가 차츰 제 위치를 찾아 내려와 조울중 증세와 혼동될 싹을 보이기 시작한 건 성장하는 베드로가 곁을 떠나리라는 불안을 직시하고 나서였다. 그는 분노도 안타까움도 지운 무감각한 얼굴로 베드로를 통제하기 시작했다. 자신을 만족시키지 못한 날은 맡은 역할도 제대로 해내지 못하는 쓸모없는 인간으로 낙인찍어 베드로를 괴롭혔다. 마을 학교에 보내기 대신 신학을 가르쳤다. 성경 이외의 책을 읽지 못하게 했으며 성경을 마저 외우지 못하면 끼니를 거르게 하거나 필요에 따라 몽둥이를 들었다. 미사에 참석하는 여신도에게 눈길이라도 주는 날이면 식사를 준비하는 시간을 제외하고는 다음 미사일까지 헛간에 가두었다. 삶을 살아 나가는 데 필요한 지식을 가르쳐 주었다. 불필요한 친절과 상냥함을 아낄 처세술을 가르쳤고 돈을 버는 방법과 모으는 기술을 가르쳐 주었다. 완력 차이가 벌어질 먼 미래의 늙은 자신에게 베드로가 관용적인 감정을 지닐 수 있도록 한 것이다.

"독버섯을 구분하는 방법도 내가 가르쳐 줬었지."

발렌티노가 말했다. 그의 손가락 끝에는 접시 바닥에서 건진 작은 버섯이 들려 있었다. 너무 작아서 모르고 지나쳐 버린 그렇지만 온전한 형태를 갖춘 붉은 버섯이었다. 서 있는 베드로의 발치로 스푼이 떨어져 뒹굴었다. 곧이어 쿵, 하는 둔탁한 소리와 함께 발렌티노의 얼굴이 접시에 파묻혔다.

드디어 죽는구나. 마비가 온 팔로 몸을 일으키려 접시를 이마로 비벼대는 모습이 물에 잠겨 허우적거리는 딱정벌레를 연상케

했다. 베드로는 천천히 시간을 두고 그러나 계획에서 너무 멀어지지 않을 만큼 그 모습을 감상했다. 침실로 발렌티노를 옮기려면 헛간의 외발 수레가 필요하지 않을까, 하는 생각이 들었지만 그건 저 자신을 위한 사소한 유머였다.

그렇게 삼 분이 흘렀다.

더 두고 보고 싶었지만, 사인이 익사이길 원치 않았다. 베드로가 발렌티노에게 다가가 괜찮은지 물었다. 잠이 든 사람에게 말을 걸듯 조곤조곤한 목소리였다. 발렌티노가 작게 대답했다. 괜찮다는 말 같았다. 의자 뒤로 걸어가 발렌티노의 양어깨 밑에 팔을 집어넣어 힘껏 당겼다. 수프에서 건져진 머리가 뒤로 꺾여 천장을 보았다. 베드로는 드러난 발렌티노의 얼굴을 살폈다. 바라마지않던, 상상 속에서 수없이 봐온 일그러짐과 일치해 있었다. 한껏 찡그린 작은 두 눈이 눈썹에 거의 붙었고 살짝 벌어진 입술에 묻은 수프는 무어라 말하려 할수록 더러운 거품을 일으켰다. 발렌티노가 뒤로 기울어진 목을 좌우로 조금씩 흔들더니 힘을 모아 목소리를 꺼냈다. 비교적 또렷한 목소리였다.

"물."

베드로는 어찌어찌 발렌티노를 도와 그가 죽을 장소인 침대까지 부축할 수 있을 거 같았다.

"부엌으로 가시죠. 제가 일으켜 드릴게요."

양 옆구리를 채운 베드로의 팔과 척추에 힘이 들어갔다. 다행히 발렌티노의 두 다리에 아직 기운이 남아 있었다. 베드로의 부축을 받은 발렌티노가 가까스로 일어나 가망 없이 걸었다. 단상 계단을 밟는 발이 위태로웠다. 계단 중간쯤 이르렀을 때 발렌티노의 육중한 무게가 비스듬히 베드로에게 무너졌다. 거의 절망적으로 중심을 잡는 데 성공한 베드로가 발렌티노를 계단에 앉혔다. 발렌티노도 베드로도 다시 일어날 수 없다는 것을 알았다. 발렌티노의 허옇게 질린 입 밖으로 거친 쉿소리가 흘렀다. 그는 물을 찾고 있었다. 베드로는 난감했다. 두 칸 남은 계단이 아득하게 보였다. 한 차례 견뎌 본 발렌티노의 무게가 더는 감당하기 불가능하게 느껴졌다. 그렇다고 시체가 된 발렌티노를 옮기기는 마뜩잖았다. 사후에 생긴 상처는 유력한 증거가 될 터였다. 베드로는 길게 생각할 필요 없이 지금 앉아 있는 계단에서 그를 자살시키기로 했다. 그러자 남은 문제가 떠올랐다. 공간과 철학적 사유가 결합한 다분히 전략적으로 접근해야 하는 문제였다.

베드로는 자살로 생을 마감하기로 결심한 성직자가 택한 마지막 장소가 왜 하필 계단이어야 할지 궁리했다. 성당의 가장 큰 십자가 부근에서 최후를 맞이하고 싶어서? 그렇다면 계단보단 미사 테이블이 가까웠다. 결론적으로 실패로 끝나 버린 신앙심의 표출을 위해 오르던 계단에서 털썩 주저앉았을까? 아, 너무 진부하고 직접적인 신화적 비극이다. 베드로가 이리저리 생각을 굴리며 계단에 의미를 부여하는 동안 발렌티노의 입 모양은 계속해서 물을 찾고 있었다. 베드로는 그 얼굴이 무의미한 절망만 남은 게 아니라 수프도 흥건하다는 사실을 뒤늦게 알아차렸다. 베드로가 계단을 내려가 복도로 들어갔다. 다시 돌아왔을 땐 물이 담긴 양동이와 방에서 챙겨 온 수건 한 장을 지니고 있었다.

기우뚱 굽어 있던 발렌티노의 상체를 바로 세우자 얼굴에서 수프가 흘러내렸다. 수건으로 얼굴을 훔쳤다. 물을 묻혀 남은 찌꺼기들을 세심하게 벗겨냈다. 식탁을 난장판으로 만든 아이의 얼굴을 닦아내는 기분이었다. 만족할 만큼 닦아낸 베드로는 목뒷덜미에 혹시나 남아 있을 얼룩을 살폈다. 두어 방울이 귓가에 튀어 있었다. 정성 들여 지운 다음 손가락을 끼운 수건으로 귓속을 빙빙 돌려 청소했다. 친밀하지만 낯선 아직은 체온이 남아 있는 그 얼굴에 생기가 돌아오는 듯했다. 발렌티노의 눈꺼풀이 서서히 떠졌다. 광인의 붉은 눈동자가 드러났다. 그는 한번 되찾은 시력을 뺏기지 않으려는 듯이 허공을 힘차게 노려보았다.

"날 죽이려는 거지?"

발렌티노가 말했다. 말라 비틀어 죽어 가던 몸에 물이 닿자 힘이 돌아온 것 같았다. 베드로는 방금 그가 탄생시킨 프랑켄슈타인이 일어나는 것을 목격했다. 그리고 그것은 쏟아질 듯이 비틀거리며 남은 계단을 밟았다.

"배가 아파 죽겠네. 물 좀 줘. 나한테 왜 이러는 거야."

두 개의 인격이 동시에 존재하는 사람 같았다. 절반은 베드로에게 도움을 요청하고, 나머지 절반은 그로부터 도망치면서. 계단을 내려온 발렌티노는 몽유병 환자가 발을 들여서는 안 되는 장소로 향하듯이 비틀비틀 성당 입구로 걸어갔다. '내가 성당 문을 잠갔던가?' 베드로는 생각했지만, 발렌티노를 지켜보는 행위 말고는 모든 게 나중 일로 보였다. 그는 불안이나 초조함이 없는 초연한 태도로 성당에서 탈출하려는 발렌티노를 지켜보았다.

그에게 발렌티노는 빛을 쫓는 불나방이었고 불완전한 날갯짓으로는 목적지까지 도착할 리 없었다. 예상대로 방향성을 잃은 육중한 몸에 부딪힌 장의자들이 서로 밀리며 겹을 쌓고 멈추었다. 발렌티노가 그나마 멀쩡한 장의자에 손바닥을 짚어 포기선언을 알렸다. 그는 거친 숨을 고르며 앞에 놓인 고해소를 보았다. 절망적인 통증 때문에 세상 모든 사물이 차별성을 잃었건만, 십자가를 비추는 환한 불빛도 회색으로 보이는 그에게 고해소만이 온전한 색깔을 띠고 있었다. 선택받은 인간을 가엽게 여긴 신의 마지막 계시일지 몰랐다. 그게 아니더라도 사뿐히 계단을 밟고 내려오는 베드로를 피해 몸을 숨길 장소는 고해소뿐이었다. 발렌티노가 고해소를 열고 들어갔다. 두 개의 문 가운데 고해자를 위한 왼쪽 문이었다. 고해소에 다다른 베드로는 발렌티노가 손을 짚었던 장의자에 엉덩이를 앉혔다. 그는 고해소 밖으로 흘러나오는 점점 불규칙해지는 숨소리를 경청했다. 발렌티노의 성기를 잡았을 때 들리던 숨소리와 달랐지만, 같은 뜻을 담고 있는 걸 알았다.

"아랫배가 터질 거 같아."

"나오세요."

"나가면 죽일 거잖아."

"제가 신부님을 왜 죽여요."

"난 바보가 아니야. 자네도 아니고."

베드로가 신세 한탄을 하듯이 한숨을 내쉬었다. 언제는 단번에 무언가를 죽인 적이 있었던가. 숲에서 몰래 들어오는 쥐는 덫을 설치해 놓아도 여러 번 허탕을 치고 나서야 겨우 가둘 수 있었고, 어린 시절 파리와 바퀴벌레를 죽이려 성냥을 켰을 때도 도리어 불붙은 몸이 새로운 생명이라도 얻은 것처럼 한 번에 죽지 않고 집안을 헤매 악몽을 꾸도록 만들었다.

"이거 들려?"

발렌티노가 말했다.

"뭐가 말입니까."

"바람 소리."

"들립니다."

"그러면 아직 내가 죽지 않은 거네?"

"무슨 말이죠?"

"자네도 들린다며."

"그렇네요."

닫힌 성당 문이 불어오는 바람에 덜커덕거렸다. 베드로도 발렌티노도 숲에서 쓸려오는 바람 소리에 집중했다. 그 소리가 여러 이야기를 들려주는 듯했다. 안에 갇힌 발렌티노에게는 구조할 누군가가 올 때까지 버텨 내라는 희망을. 베드로에게는 일정을 마무리 지으라고 강요하는 압박으로. 베드로가 귀를 막았다. 매일 밤 비슷한 시각, 성당 밖에서 정기적으로 들려오는 이 뜨겁고 충혈된 소리를 듣기가 괴로웠다. 발렌티노가 죽으면 혼자서 견뎌야 하는 고통이었다.

고해소 안에서 발렌티노의 목소리가 들려왔다. 한결 나아졌어도 그 끝은 갈라진 음성이었다.

"곧 판사가 올 거야. 오늘 만나기로 했으니까."

베드로는 빈정거리지 않았지만, 진지하게 받아들이지도 않았다.

"그래서요?"

"그래서요라니, 날 내보내 달라는 거지."

"제가 그런 꼬임에 넘어갈 거 같으세요?"

"정말이야. 진짜라니까. 거의 다 왔을걸. 내가 왜 저녁을 서두르라고 했겠나. 안 그래?"

"신부님답군요."

"이보게, 베드로, 우리 둘 모두를 위한 마지막 기회야."

"그러면 어째서 알려주시는 거죠? 저라면 모른 척 판사님을 기다릴 텐데요."

"당장 물이 급하거든."

발렌티노의 목소리가 아이처럼 변했다.

"부탁이야. 속이 타들어 가는 거 같아."

더는 대꾸할 가치를 느끼지 못한 베드로가 소매 주머니에서 유서를 꺼내 펼쳤다. 부스럭거리는 소리에 수상함을 감지한 발렌티노가 그에게 물었다.

"자네 지금 뭘 하는 거야?"

목을 가다듬은 베드로가 말했다.

"성직자의 신분으로 자살을 선택했다니 선뜻 믿기지 않으실 겁니다."

"지금 무슨 짓을 하는 거냐고?"

베드로는 계속했다.

"제 역할을 생각하면 먼저 신에게 죄를 고하여야 하지만, 그분이라면 제가 저지른 죄마저 너그러이 용서해 주실 거 같아 그조차 고민입니다."

"잠깐만, 나 자살하는 거야?"

"오래전 한 소년을 추행했습니다. 아랫마을에 사는 그 소년은 저의 다른 피해자들처럼 작고 가벼웠습니다. 저는 소년의 무지를 이용했습니다. 눈에 띄지 않는 그늘진 골짜기 아래로 끌고 가 나신이 되어 죄를 저지르는 저를 소년의 무지가 가려 주길 기대했습니다. 그러나 신의 시야로 볼 수 없는 건 없었습니다.

지난주 그 소년이 고해소를 찾았습니다. 성당의 신부일 뿐 칸막이 건너편에 앉은 제가 누군지 알지 못하던 소년은 그날 저로 인해 겪은 일을 고백하며 두려워했고 별일이 아니라고 말해 주길 바랐습니다. 신부의 말 한마디면 없던 일이 될 거라 믿었던 것입니다. 그 소년의 고백마다 저는 그만 그치기를 명령하길 참아내야 했습니다. 고해를 마치고 고해소를 나서는 소년이 도리어 가해자인 저에게 자비와 용서를 요청했을 땐 신부 발렌티노는 거기에 없었습니다.

소년을 돌려보내고 저는 고해소에서 한동안 나오지 못했습니다. 성당을 머무는 햇빛에 몸이 닿는 것조차 자신감이 뒤따라야 했습니다. 그날 저는 평생 겪어 보지 못한 죄책감을 견디며 죽음을 떠올렸습니다. 죽음을 떠올리고 나서야 겨우 죄책감이 줄어

들었습니다. 결심에 이른 지금은 오로지 평온한 마음뿐입니다."

모두 읽은 베드로는 마지막 문장이 거슬렸다. 어딘가 멋을 부린 듯이 보였고 동정심을 느낄 여지가 있었기 때문이다. 고해소는 잠시 잠잠해진 바람 소리처럼 침묵을 지켰다. 발렌티노를 불렀지만, 안에서 대답이 없었다. 그래서 그가 죽었다고 생각했다. 문을 열어 보지 않아도 그걸 느낄 수 있었다. 물을 드릴까요? 확인차 던진 이 질문이 웃겨서 작게 웃음이 나왔다. 그럴 필요가 없음에도 살짝씩 소리를 높여 웃었다. 과시적인 웃음을 멈추자 다시 침묵이 뒤따랐다.

베드로는 발렌티노가 죽고 나서야 이 살인에서 무언가가 빠졌다는 것을 알았다. 마음 한구석이 텅 빈 느낌이었다. 베드로는 생각했다. '발렌티노를 죽인 이유가 뭐지? 아이들을 겁탈하고 나를 겁탈해 와서? 아니다. 저 유서 내용이 가짜이듯 신부가 아이들의 고통을 직접 마주한 적이 없다. 날 대상으로 한 성추행은 서로 만성이 됐다. 그러면 나는 왜 살인을 저지른 거지.'

베드로는 발렌티노가 기르던 짐승처럼 주인이 닫고 떠난 문을 쳐다보았다. 간지러워서 손을 긁었고 만족할 만큼 긁은 다음에는 기침을 해댔다. 참을성 없이 기침이 나왔다. 기침 소리가 닭 뼈를 부수는 파열음처럼 독자적인 목소리를 내며 성당 구석구석까지 퍼졌다. 피가 나오지 않았지만 나온 것같이

폐가 뜨겁고 머리가 울렸다. 어쨌거나 모든 일은 벌어졌다. 지금 당장은 현실적인 문제에 집중해야 했다. 감식을 통해 유서와 봉투에서 지문이 묻어나올 것을 알았지만 상관없었다. 순서상 그런 게 문제 될 건 없었다. 어디까지나 베드로는 신부를 '발견'할 것이고 마을 수사관을 부르기에 앞서 유서를 읽어 봤다는 설정이었으니까. 베드로는 유서를 어디에 두어야 자연스러울지 생각했다. 책상에 앉아 유서를 작성했을 신부 발렌티노의 방일지. 그가 결단을 내린 고해소에 있어야 할지. 아니 수사관들보다 먼저 유서를 찾아 읽을 테니까 '유서의 제자리'라는 개념은 무시해도 되지 않을까.

베드로가 유서를 접어 고해소 문틈 안으로 집어넣었다. 그런 다음 팔짱을 채우고 곰곰이 문을 지켜보며 조화롭지 못한 기운이 흐르는지 지켜보았다. 당장은 괜찮은 거 같았다. 고해소에서 한 발 뒤로 물러난 베드로가 성당을 빙글 둘러보았다. 그러고 보니 발렌티노가 고해소를 택한 이유가 중요했다. 어째서 저 커다란 몸으로 하필이면 작고 불편한 장소를 골라 들어가 숨을 거뒀을까. 가상의 소년이 방문한 고해소가 죄책감의 근원지라서? 사제의 눈을 피해 조용히 숨을 거둘 장소가 거기밖에 없어서? 그러면 발견되기까지 시간이 걸릴 텐데 굳이 그래야 할 필요가 있었을까.

베드로는 꼭 몸싸움이 있던 것처럼 흐트러진 단상을 보았다. 바이올린과 악보 따위가 석제 테이블 아래에 떨어져 있었다. 촛대는 어쩌다 스푼 옆에 나란히 누워 있는지 기억에 없었다. 얼키설키 섞여 있는 장의자도 일거리였다. 독버섯이 더럽힌 부엌 바닥도 물청소를 기다리고 있었다. 막막한 심정이 몰려왔다. 섣부르게 수사관을 불렀다간 여러모로 낭패를 겪을 뻔했다. 베드로는 손으로 이마를 짚고 시간을 짐작했다. 평소라면 8시에 시작하는 저녁 식사가 이날은 발렌티노의 닦달에 앞당겨졌고 그와 벌인 한바탕 소동이 한 시간을 넘기진 않았을 거 같아서 저녁 8시 언저리를 골라잡았다. 긴장 상태로 반나절을 보낸 까닭에 피곤이 쌓일 대로 쌓인 베드로는 십 분 정도 딱 그만큼만 쉬기로 했다. 그가 미사 테이블에 앉으러 걸어갈 때였다. 잠잠했던 바람이 다시 불었다. 아까보다 현실적이고 강한 바람이었다. 베드로는 당장 저 바람 소리부터 어떻게 해야 한다고 생각했다. 벌써 발렌티노의 죽은 영혼이 숲에 달라붙어 성당을 향해 괴성을 지르는 것 같았다. 단상 계단을 밟기 직전이었다. 신경이 날카로워진 그의 눈가로 활짝 열린 성당 문이 들어왔다. 기겁한 베드로가 그쪽으로 몸을 돌렸다. 그 순간 문가에 서 있는 한 여인의 형상을 보았다. 얼굴이 하얀 여자가 성당 문 앞에 서 있었다. 베드로는 너무나 놀란 나머지 사고가 아닌 감각이 던지는 질문을 들었다. 언제부터 저기에 서 있었을까. 아니 어디서부터 봤을까. 방금 죽은 발렌티노가 저 여자의 겉모습을 하고 돌아온 거 같았다.

"어떻게 오셨습니까."

베드로는 몸을 움직이고 나서야 가까스로 입을 열 수 있었다. 성당 입구로 다가가는 걸음에 맞춰 차츰 여자가 형태를 갖추었다. 평균에 조금 못 미치는 키와 가녀린 어깨, 허리가 과장되게 좁은 푸른색 계열 원피스를 입은 그녀의 팔꿈치 아래를 푸른 천이 살짝 감쌌다. 그러나 풍성한 갈색 머리칼을 지녔다는 것과 매끄러운 턱선을 두드러지게 보이도록 만드는 작은 광대뼈를 지녔다는 사실을 알아차리는 데는 그녀 앞에 도달하고 나서도 한동안 시간이 걸렸다. 성당을 밝히는 불빛이 그녀만을 비추는 것 같았다. 그녀의 눈동자를 바라보던 베드로는 그 속에서 흔들리는 자신을 발견하는 것 말고는 아무런 답도 찾아낼 수 없었다. 꼿꼿이 서 있던 여자가 베드로의 불편한 감정에 반응하듯 한 발짝 뒤로 물러났다. 그제야 베드로는 방금 살인을 저지른 인간의 얼굴이 굳어진 상태에서 펴지지 않은 걸 알아차렸다. 그가 애써 부드러운 음성으로 말했다.

"언제부터 이곳에 계셨습니까?"

"지금 왔어요. 지나가다가 들렀어요. 불이 켜져 있어서."

"문이 열려 있었나요?"

"닫혀 있었어요."

"닫혔지만, 잠기진 않았다는 뜻인가요?"

"네. 당기니까 열렸어요."

베드로가 참담한 심경으로 입을 열었다.

"그런데 지금이라면, 여기 오셨다는 지금이란 게?"

"방금이요. 방금 왔어요."

"방금 언제인가요?"

"그게… 방금….."

"그러니까 그게 언제인가요."

"네?"

"아, 아닙니다. 아니에요."

베드로가 어처구니없는 결례를 저질렀다는 걸 알아달란 의미
로 웃음을 지어 보이려 했지만 뜻대로 되지 않았다. 이윽고 그가
다시 물었다.

"지나가다가 들렀다고 하셨죠?"

"네, 철로를 따라 걷다가."

"이 시간에요?"

"우울했거든요."

"우울이요?"

"죄송해요."

"뭐가 죄송하다는 거죠?"

"저는 단지……."

그녀가 시선을 내리깔았기에 온순함을 기대할 수 있었고 불안함을 조금 줄일 수 있었지만, 성당 안쪽으로 들어오길 주저하는 그녀라서 불안함은 다시 처음으로 돌아갔다. 베드로는 일단 그녀를 성당 안으로 들여야 한다고 생각했다. 한 곡 춤을 제안받듯 순순히 응하기만 해 준다면 그녀를 안아 줄 수도 있었다.

베드로가 말했다.

"들어오시죠."

여자를 안쪽으로 유인하기 위해 뒤로 성큼 거리를 벌렸다. 하지만 여자는 한번 잡은 위치에서 조금도 움직이려 하지 않았다. 아니 그보다 자꾸만 밖으로 나서려는 것 같았다. 밤바람이 매섭다는 경고도 그녀를 안심시키지 못했다. 그녀는 자신이 목격한 모든 수상한 광경들이 설명되어야 겨우 말을 들을 것처럼 굴었다.

"망설이지 마시고요."

"저는 정말 지나가던 길에…."

"괜찮습니다. 어서."

문가의 대화는 같은 페이지를 넘기지 못하고 주춤거렸다. 그는 그녀가 들어오길 바라고 그녀는 어둠뿐인 등 뒤를 확인하면서.

희미한 담배 냄새가 감돌았다.

그녀의 몸에서 나는 냄새는 아니었다. 불어오는 바람에 실려저 밖에서 들어오는 희미한 담배 냄새였다. 그제야 베드로는 혼자가 아닐 수 있다는 가능성을 떠올렸다. 그녀의 편에 서서 도움을 줄 누군가가 나타날 거란 가능성이 한겨울의 차가운 바람처럼 그의 체온을 낮췄다. 그뿐이면 다행이지 점점 커지는 숲의 울음소리가 잠든 발렌티노를 깨우리라는 망상마저 들게 했다. 담배 냄새가 더욱 진해지다 연기로 형태를 갖춰 성당을 침입했다.

"혼자 오신 게 아닌가 보죠?"

베드로가 온화한 미소로 물었다. 돌변까진 아니더라도 마치 누군가의 몸에서 커다란 흉터라도 본 사람처럼 갑자기 태도를 바꾸는 건 좋지 않았다. 거기에는 의심이라는 공백이 있음을, 국경을 넘자마자 그 나라 사람이 된 거 같은 분명한 변화의 순간이 있음을 알아차리게 하고 싶지 않았다. 여자의 몸이 움직였다. 아직 도착하지 않은 누군가를 위해 한쪽으로 비켜 주려는 듯이 여자의 발이 성당 안으로 한 발짝 들어왔다. 그녀의 등 뒤로 가로로 긴 그림자가 생겼다. 오른쪽 문 뒤편에서 나타난 그 그림자는 잠시 제자리에서 시간을 가지다 이내 날렵한 인상을 주는 한 남자와 함께 여자의 뒤편에서 나타났다.

베드로는 남자의 정체를 알았다. 그의 이름은 한스였고 율리시가 살인을 저지른 십오 년 전부터 그를 담당해 온 기자였다. 기절할 노릇이었다. 숲속의 외딴 별장이나 다를 바 없는 작은 성당에 하필 살인을 저지른 이 같은 날, 지역을 대표하는 신문사의 기자가 발길을 들이다니 베드로는 현실감각이 둔해지는 걸 느꼈다. 성당 안으로 들어와 여자의 얼굴을 가리고 선 한스가 베드로와 성당 내부를 둘러보았다. 서른 중반을 넘긴 나이 탓에 눈꼬리가 살짝 처졌지만, 눈빛만큼은 율리시를 파괴하던 그때처럼 예리했다. 그리고 불행히도 아니 행운일까, 뭐가 됐던 차차 불행으로 바뀌겠지만 당장은 행운처럼 한스 역시 밤늦은 시각 성당에 나타난 여자를 신기하게 쳐다보았다. 그 때문에 베드로는 이 둘이 동행이 아니며 더 나아가선 한스가 방금 벌어진 살인 사건을 목격하지 못했음을 확신했다. 만약 그랬다면 이 신문기자의 모든 감각이 여자가 아니라 고해소를 향했을 테니까.

베드로가 마음을 진정시키는 사이 넉살 좋은 성격인 한스가 먼저 말을 걸어왔다.

"저녁 미사가 없는 날인 줄은 알고 있었지만, 염치 불고하고 늦은 시간에 이렇게 들렀어."

그가 눈썹을 팔자로 고쳐 잡았다.

"그래도 동행이 있어서 멋쩍지는 않고만."

"동행이요?"

순간 베드로는 한스의 몸에서 담배 냄새가 나지 않은 걸 알아
차렸다.

한스가 말했다.

"판사님이 밖에 와 계시네. 최고급 포도주를 가지고."

2

그럴 조짐 없이 비가 내렸다.

성당에 빗물의 그림자가 흘렀다. 우울한 어둠을 밝히는 건 레몬 같은 달빛과 창가에 걸린 촛불뿐이었다. 베드로는 발렌티노를 수음하던 의자에 앉아 멈춘 듯 무표정한 얼굴로 범죄물을 다루는 소극 무대로 변해버린 성당을 바라보았다. 시체가 담긴 고해소와 어수선하게 흐트러진 장의자들, 무거운 빗물이 차오르는 고딕풍 창문들, 성당 문을 닫고 들어와 창문들을 감상하는 여자, 미사 테이블 아래에 떨어진 접시들과 은수저, 바닥에서 굳어가는 수프 자국들, 바이올린, 활, 소음을 기록한 악보. 당연히 이 모든 게 괴롭고 낯설었다. 베드로는 단상 벽에서 앉을 의자를 고르는 한스를 안 보는 척 의식했다.

여자나 판사의 등장이 우연이나 예정된 방문으로 치부할 수 있는 무언가라면 한스의 출연은 집 마당에서 마주친 이웃집 개처럼 엉뚱한 면이 있었다. 판사가 그를 대동했다는 식으로 연관 짓기란 힘들었다. 이 둘의 관계가 직업적인 친분을 넘지 않는 걸 알고 있었다. 더욱이 판사는 야심한 밤에 누구와 다닐 만큼 인간적인 교류가 활발하지도 사람을 좋아하지도 않았다. 그는 저 자신이 그러하듯 일찌감치 성악설을 받아들였고 여러 범죄자를 상대하며 그 같은 관점을 재확인했다. 베드로는 고심 끝에 이들의 조합이 순전히 우연임을 받아들였다.

의자를 가지고 돌아온 한스가 고해소를 등지고 앉았다. 그는 시종일관 웃는 얼굴이었다. 그렇지 않아도 길다 싶은 화살코가 웃느라 치솟은 광대로 인해 더욱 아래로 쏠렸다. 베드로가 그를 처음 만난 날도 이런 얼굴이었다. 막 죄수와 접견을 마치고 복도 밖으로 나왔을 때였다. 어두운 복도 저 멀리에서 빛을 등진 한스가 간수의 안내를 받으며 걸어오고 있었다. 방금까지 죄수의 하소연을 들어주느라 지칠 대로 지친 베드로의 시신경으로는 저기 음습함이 묻어나는 어둠 깊은 곳으로부터 걸어오는 그가 흐릿한 윤곽으로 보였고 윤곽은 크게 펼친 팔로 멀리서부터 베드로를 반겼다.

이날 한스는 정오 내내 베드로를 괴롭혔다. 죄수들이 가꾸는 채소밭에 베드로를 세운 한스의 관심사는 오로지 율리시의 근래 소식이었다. 한스는 율리시의 사건을 집요하리만치 보도한 까닭에 지역에서 유명인이 되었다. 연일 선정적인 보도를 하는 한스에게 사람들은 열광했고 더 나아가선 율리시를 잡아 심판대에 보낸 사람이 그라고 믿기조차 했다. 신문사 사장은 시민들의 성화에 밀려 빠른 승진을 시켰고 한스는 이를 기꺼이 수락했다. 만약 율리시의 판결이 일찍 매듭지어지지 않았다면 한스를 향한 대중의 관심은 더욱 오래 지속되었을 것이다. 베드로는 그에게 어떤 이야기를 들려줬는지 잘 기억하지 못했지만, 질문을 받던 가운데 이렇게 반문했던 걸 떠올릴 수 있었다. "율리시에게 더 캐낼 게 있으신가요?" 특별히 의미를 담은 질문이 아니었음에도 한스가 흥분했다. 그는 율리시에게 더 밝혀내야 할 어떤 것이 있노라 선언했고, 똑같은 일이 벌어져도 같은 결정을 내릴 거라고 힘주어 말했다.

베드로는 한스가 말한 '같은 결정'이 의미하는 바가 궁금했지만, 되돌아온 그의 얼굴을 보고는 질려버려서 더는 따지지 않았다. 흥분을 가라앉힌 자리를 가식적인 미소로 채운 한스의 얼굴에는 베드로가 율리시를 지켜보며 쌓아 온 슬픔을 건드는 무언가가 담겨 있었기 때문이다.

한스가 여자에게 올라오라는 손짓을 보냈다. 그렇지 않아도 멀뚱히 서서 단상을 의식하던 여자였다. 여자는 우물쭈물하는 표정을 생략하고 스스럼없이 걸어왔다. 한스가 의자를 가지러 일어날 때였다. 여자의 발이 계단 중간에서 멈칫하는 걸 베드로가 알아봤다. 한스가 자리를 비운 잠시 사이 손에 피를 묻힌 사제와 단둘이긴 싫어서였을지. 달리 말해 살인자를 독대하는 두려움이 끼어든 경계심으로 보였다.

의자가 베드로의 오른편 끝에 놓였다. 정면으로 고해소가 보이는 위치였다. 그녀가 자리에 앉았다. 한스는 그녀 앞에 쓰러진 은촛대를 세우고 초에 성냥불을 붙였다. 은촛대가 여자의 얼굴을 비췄다. 냉담한 듯 조용한 얼굴이 넓게 휘어졌다. 이 여자는 언제 나타나 어디서부터 보았을까. 아니 뭘 보기는 했을까. 베드로는 불분명한 기억에서 희망이 될 만한 장면을 건져내려 가만히 눈을 감았다. 그리고 그녀의 시선으로 아까 상황을 되감아 보았다. 상상과 기억에 의존한 시선이 매끄럽게 연결되지 못하고 겉돌았다. 비틀비틀 계단을 내려가는 신부, 신부가 장의자를 쓰러트린다. 그러고는 곧바로 고해소로 들어갔던가? 그사이 사제는 무얼 하고 있었지? 여기에서 저 여자가 발휘할 만한 살인과 연관 지을 어떤 여지가 있을까? 베드로는 스스로 묻는 식으로 자신을 방어해 내려 애썼으나 희망의 전조는 멀리 이어지지 못하고 성당 입구에서 머뭇거리던 여자의 태도가 발렌티노의 죽음을 목격한 증거나 마찬가지라는 생각으로 넘어가면서 자신감이 사그라들었다.

푹하고 고개를 떨군 베드로의 귓가에 유언을 낭송하던 제 목소리가 들려왔다. 별러 온 일을 처리하고 남는 묘한 안도감과 성취감이 경직된 신경을 나지막이 감싸는 목소리였다. 어쩌면 유언 낭독이 발렌티노의 죽음을 앞당겼을지 몰랐다. 멀쩡한 사람도 타인의 입을 통해 그 같은 내용이 읽혀지면 기운을 잃으리라.

'내가 교만했어. 바보가 아닌 바에야 말을 잃은 고해소 앞에서 유서를 중얼거리는 사제를 봤다면 뭐라도 의심이 들었을 거야.'

그는 판사와 한스가 나타나지 않았다면 여자를 어떻게 했을지 모른다고 생각했다. 평소 같으면 엄두조차 낼 수 없는 결정도 이성이 두려움이라는 안개에 싸여 있다면 글쎄 모를 일이었다. 하지만 이런 발상은 그 일이 실제로는 일어나지 않았기 때문에 가능한 헛된 망상, 기회가 있을 때 결단을 내리지 못한 아쉬움이 남긴 부질없는 위안거리일 수 있었다. 베드로는 판사와 한스를 번갈아 보며 두 불청객이 여자를 성당에 붙잡아 두는 데 도움을 주었다는 쪽으로 생각을 바꾸었다.

만약 그들이 나타나지 않았다면, 어디까지나 여자가 젊은 사제를 물리쳤을 때의 일이지만, 살인자가 머무는 성당을 도망쳐 나와 그길로 보고 들은 것을 신고하러 마을로 달려갔을 터였다. 수사관들이 닥치고 감식이 시작된 성당, 글씨체가 의심스러운 유서, 고해소를 비집고 들어가 숨을 거둔 거인, 어딘가 우울하고 반항적으로 보이는 사제에게 불만을 드러내는 법정의 배심원들. 마을의 유일한 판사는 벌써부터 망치를 반쯤 들고 있다. 베드로는 갑작스러운 두통을 느꼈다. 정확히는 오른쪽 눈이 찢기는 듯한 감각이었지만, 오른쪽 머리가 아프면 어김없이 나타나는 안구의 통증이어서 두통이 원인이라 할 수 있었다. 피로하거나 괴

로울 때 나타나는 이 현상을 그는 성당에 발을 들인 날부터 참아
왔다.

'이거였을까. 내가 발렌티노를 죽인 이유가.'

한스의 등장이 미스터리라면 판사는 판사대로 망자의 불길한
예언이 이루어진 것 같았다. 두 불청객의 등장이 의미심장해지면
서 베드로의 머리는 모순으로 뒤엉켜 버렸다. 여자가 성당을 떠
나길 바라면서 동시에 남겨져 있기를 바라고 있듯이 물리적인 힘
을 가하지 않아도 여자를 곁에 붙들어 놓고 있을 수 있다는 것 말
고는 두 남자의 존재가 결국에 가선 불리하게 작용할 거 같았다.
　한스는 판사가 가져온 포도주에 관심을 보이고 있었다. 포도주
는 단상에 서 있는 판사의 품에 들려 미사 테이블에서 가까워졌
다 멀어졌다 이리저리 움직이고 있었다. 한스는 생전 처음으로
제 모습이 비친 거울을 본 야생동물처럼, 포도주에 가까이 접근
하거나 만져 보진 않았지만, 두 눈을 찡그려 가며 제조사 라벨에
적힌 연도에 감탄했다. 한스와 판사는 적당한 위치에서 인력의
작용을 받았다. 판사가 단상 바닥을 살피고 혼잣말을 중얼거리면
한스는 듣지 않는 척 귀를 기울였고, 한스가 포도주를 언급하려
치면 판사는 그로부터 거리를 벌렸다가 제자리로 돌아왔다.

한스가 의자 등받이에 무게를 실어 기댔다. 의자 앞다리가 지면에서 떨어졌다. 그의 발이 허공을 놀렸다. 의자가 흔들의자처럼 흔들거렸다. 콧노래를 부르지 않았지만 그렇게 여겨졌고 제대로 앉기 전까지 예민해진 베드로를 괴롭혔다. 한스는 언제나 자신이 운이 좋다고 생각했다. 창마다 검은 장막을 치는 폭우가 쏟아지는 이런 밤에도 머리에 물 한 방울 묻지 않은 것에 의미 부여를 하고 있었다.

창문을 두드리는 빗물에 맞춰 한스의 손가락이 토독토독 테이블을 두드렸다. 침묵 가운데 퍼지는 작은 소리조차 민감하던 베드로가 한스와 여자를 살폈다. 혹여나 두 사람 사이에 모르스 신호 같은 밀고의 서신이 오고 가는지 확인하려 한 것이다. 그런 베드로를 비웃듯 한스가 외투를 젖히고 조끼 바깥 주머니에서 담배를 꺼내 입에 물었다. 설마 하는데 그가 반쯤 일어나 허리를 굽히고 촛불에 불을 붙였다. 베드로가 말했다.

"뭐 하시는 겁니까?"

"뭐가?"

한스가 대꾸했다.

"담배요."

"왜? 신성한 성당이라서?"

"잘 알고 계시네요."

담배를 문 한스의 볼이 안쪽으로 접혔다가 내뿜는 연기와 함께 볼록해졌다. 촛불이 한 차례 고개를 숙였다 폈다. 한스가 말했다.

"글쎄 이걸 보니까 모르겠는데?"

그의 구부린 손가락이 미사 테이블을 두 번 두드렸다.

"평소에도 이 신성한 미사 테이블에서 밥을 먹나 봐?"

설명하기 힘든 수치심이 엄습했다. 어쩌다 이번 한 번 하는 식으로 대충 둘러대기에는 판사의 존재가 신경 쓰였다. 판사는 그가 지닌 지위처럼 단단한 자세로 베드로를 내려보고 있었다. 그도 잘 아는 미사 테이블의 쓰임새에 대해 젊은 사제가 슬슬 어떤 변명을 늘어놓을지 마치 그것으로 거짓말을 지어내는 패턴을 파악하려는 듯 빈틈없는 눈빛이었다. 베드로는 앞으로 많은 거짓말을 지어내야 하는 걸 알았다. 머지않아 판사가 발렌티노를 찾을 게 분명했고 그는 변명을 늘어놓는 그때마다 호락호락하게 넘어갈 존재가 아니었다.

판사는 성당이 돌아가는 속사정과 잡다한 부분을 속속들이 알고 있었다. 헛간 그늘에서 보관하던 포도주를 찾아내기도 했으니까.

지난여름이었다. 판사와 신부가 미사 테이블에 앉아 밤늦도록 술을 마시던, 잔잔한 빗물이 푹푹 찌는 날씨에 습기를 더하던 밤

•

66

이었다. 시중을 들던 베드로는 몹시 지쳐 있었다. 신부와 판사에게 주의를 기울이지 않는 누구라도 이들이 함께 대작하는 모습을 지켜본다면 둘 다 불같은 성정을 지닌 걸 쉽게 알 수 있었다. 기분 좋게 오가던 술잔이 언제라도 단상 아래로 내동댕이쳐질 듯 위태로웠다. 한 번 커진 언성은 도통 줄어들 생각이 없었다. 베드로에게 있어 이 둘은 다른 직업을 가진 같은 사람들이었다. 하나의 줄기에서 갈라진 두 개의 가지처럼 서로가 서로를 보호할 가치를 터득하며 자라 온 모종의 관계였다.

이들로부터 베드로가 벗어날 곳은 헛간이 유일했다. 폐사한 닭들을 처분하면서 한 차례 대청소를 하긴 했지만, 닭똥 냄새가 군데군데 스며든 헛간은 우울했다. 그는 가장 으슥한 곳으로 걸어 들어가 건초더미를 침대와 베개 삼아 누워 잠시나마 평화를 누렸다. 베드로는 가만히 눈을 감고 습기로 가라앉은 건초더미 향을 맡으며 근래 그나마 괜찮았던 기억을 떠올렸다. 한 주 전, 감옥을 향하던 길이었다. 마을을 지나가던 도중 마차에서 내린 베드로는 필요한 만큼 걷기로 했다. 발바닥으로 전해지는 자갈길의 감각적이고 연속적인 기분을 만끽하며 광장을 지나 언덕과 이어지는 골목으로 들어갔다. 그를 알아보는 상점 주인들 그리고 지나가는 주민들과 가볍지만 진지한 인사를 주고받았다. 베드로는 그 부드러움과 일상을 공유하는 소속감에서 기쁨을 찾아냈다. 과일 상점 앞에 진열된 과일들이 보였다. 색색들이 감동을 주는 과일들 가운데 가장 마음에 드는 붉은색 사과 하나를 쥐었다. 밤이 오면 숲으로 돌아가야 하는 처지였어도 아직 쨍쨍한 햇빛을 위안 삼아 미소를 지었다.

그런데 이때였다. 베드로가 번쩍 눈을 떴다. 누군가 성당을 나와 헛간으로 걸어오는 소리가 들렸다. 진흙을 저벅저벅 밟아오는 발소리. 베드로는 헛간의 엄숙한 어둠을 실감했다. 잠시 뒤에는 그가 누운 건초더미 속에 든 포도주를 감지했다. 습도와 빛에 민감한 포도주를 서늘한 상태로 보관하기에 헛간만 한 장소가 없었다. 발소리가 멈췄다. 짙은 그림자가 갈라진 헛간 나무 문 틈새로 침입하는 달빛을 막고 서 있었다. 포도주를 찾으러 온 판사라는 걸 알면서도 베드로는 저도 모르게 건초더미 속으로 숨어 버렸다. 헛간 문이 바깥쪽으로 서서히 열리고 동화 속에 나오는 괴물처럼 날카롭고 길쭉한 팔다리가 달린 그림자가 들어섰다. 그림자는 비틀거렸다. 비틀거리며 이쪽으로 다가왔다. 판사의 긴 손가락이 건초더미를 파고들었다. 포도주를 찾는 손이 사나웠다. 베드로가 포도주를 찾아 그의 손에 쥐어 주려 했지만, 뜻대로 되지 않았다. 판사가 뭐라고 중얼거렸다. 화가 나서 중얼거리는 소리였다. 딱히 대상이 있는 건 아니었다. 평생 욕지거리를 입에 달고 살아온 부랑자처럼 난폭하지만, 어딘가 그 끝은 자신감이 무딘 목소리였다.

건초더미 틈새로 판사의 얼굴이 보였다. 베드로가 알던 그가 아니었다. 그가 아는 어떤 모습도 아니었다. 판사로서의 권위를 의식하기 위해 써왔던 무거운 탈이 건초더미를 파고들어 신경질을 부리는 손짓과 함께 연신 벗겨지고 있었다. 겨우 찾아낸 포도주를 쥐여 줄 찰나였다. 판사의 손이 베드로의 팔을 낚아챘다. 경험한 적 없는 억센 힘이었다. 건초더미 밖으로 끌려 나온 베드로의 얼굴과 판사의 얼굴이 가깝게 마주쳤다. 판사는 형편없이 취해 있었다. 그걸 아는데 다른 이유는 필요 없었다. 달빛에 번뜩이는 두 눈이 두려웠다. 머리를 수그려도 똑바로 노려보는 판사의 시선을 느낄 수 있었다. 그리고 그의 호흡이, 술에 취해 정신없이 몰아쉬는 뜨거운 호흡이 견디기 힘들었다. 베드로는 질끈 두 눈을 감았다. 판사가 말했다. 알 수 없는 말이었다.

"죽으면 다 끝이야."

그가 말을 이으러 침을 삼키는 소리가 들려왔다.

"따로 뭔가가 있는 게 아니야. 세상이 온통 하얗고 날씨는 쾌청하지. 구름도 떠 있어. 그런데 바람 한 점 불지 않아서 공중에 뜬 흰색 바윗덩어리 같지. 새들이 날갯짓 없이 날아다녀. 분명히 그랬어. 그래 사람들도 있지. 그 많은 사람이 서로를 빤히 쳐다보다가 어딘가로 걷더니 멈춰 버려. 그러고는 다시 걸어. 앉거나 눕지도 않아. 달린 입으로는 숨만 쉬지. 한참이 지나니까 이 벙어리들 중에 누가 내 이름을 부르더라고. 난 소름이 끼쳐서 무작정 도망쳤지. 그 목소리를 피해서 달렸어. 말해 봐. 이게 지옥 아니면 뭐겠어."

판사가 베드로의 귀에 입술을 붙였다.

"그렇다고 천국이 아닐 건 또 뭐겠어?"

한스가 떨어진 접시를 테이블에 올렸다. 그러고는 아무런 죄의식도 찾아볼 수 없는 표정으로 거의 끝까지 태운 담배를 접시에 비벼 껐다. 베드로의 얼굴이 일그러졌지만, 도로 원상태로 돌아왔다. 한스가 종교적 장소를 다루는 행위에 어떤 토를 달 수 있을지. 사리사욕을 채우는 비윤리성? 그건 베드로와 발렌티노가 서로에게 한 짓에 비하면 아무것도 아니었다.

베드로에게 한스가 입을 열었다. 오랫동안 관계를 유지해 온 사람에게나 건넬 법한 친근한 목소리였다.

"저녁 식사를 하다가 무슨 일이 있었나 봐?"

베드로는 이번에도 판사의 눈치를 보느라 대답을 망설였다. 한스가 매끈한 석제 테이블 위에 핏방울처럼 튄 수프 자국을 살폈다. 그의 취재 기법처럼 고상함과는 거리가 먼 한스라서 이리저리 거침없이 헤집다 단서가 될 만한 무언가를 건질까 봐 걱정스러웠다. 한스가 테이블 아래로 어깨를 내렸다가 올리는 그때마다 증거품들이 올라왔다. 독이 묻은 스푼이 올려졌고, 바이올린과 활, 잉크병이 뒤따랐다. 판사의 발치에 어지러이 흩어진 채 비로소 예술적 가치를 띠게 된 악보는 귀찮아서인지 줍지 않았다. 단상 계단에 놓여 있는 양동이를 보면서 한스가 혼잣말을 했다. 베드로가 그 입 모양과 새어 나오는 소리에 집중했지만 끝내 알아듣지 못했다.

처음으로 돌아온 한스가 수프가 번진 미사 테이블의 얼룩들을 살폈다. 저러다 한입 찍어 입에 넣어 버릴지 몰라서 베드로가 서둘러 말했다.

"저녁을 준비하면서 수프를 나르다가 엎질렀어요. 그 바람에 접시가 떨어졌고요. 저 양동이도 이것들을 치우려다가…."

"신부님 옷에도 튀었나 봐?"

한스가 말했다.

"네?"

"뭘 놀라서 빤히 쳐다봐? 신부님이 안 보이셔서 씻으러 가신 건지 물어본 건데."

베드로는 잠시나마 자신을 절망에 빠트린 데 성공한 한스가 까닭 없이 웃는 걸 지켜봐야 했다. 정리 정돈은 성당 안으로 이들 셋을 들이자마자 마쳤어야 하는 첫 번째 임무였지만, 불쑥 나타난 불청객들의 존재에 크게 당황한 나머지 우선순위를 잊어버렸고 성당의 비밀이 내뿜는 질식에 스스로 스며들었다. 베드로는 아직 가시지 않은 허공의 담배 연기가 심장에 달라붙은 듯 무겁게 떠다니는 걸 지켜보면서 이 불리하기만 한 상황이 흐지부지 없던 일이 되길 바랐다.

접시 테두리에 닿은 한스의 엄지손가락에 수프가 묻었다. 숨이 넘어가던 발렌티노의 얼굴이 떠올랐고 사용하지 않은 냅킨이 앞에 놓여 있었다. 베드로가 냅킨을 집어 한스에게 건넸다. 감사 대신 비아냥 섞인 목소리가 돌아왔다.

"이런 친절도 하셔라."

냅킨으로 손을 닦아낸 한스가 갑자기 외쳤다.

"발렌티노 신부님. 신부님, 나와 보세요!"

베드로가 거의 반사적으로 여자에게 고개를 돌렸다. 그녀의 시선이 어디로 향하는지 확인해야 했다. 하지만 고해소를 볼 것이라던 예상을 깨고 그녀의 시선이 닿은 건 베드로였다. 둘 사이에 이상한 침묵이 흘렀다. 여자의 입술이 섬세하게 뒤틀렸다. 무언가 담아두었던 말을 꺼내려는 듯 보였다. 그 입술이 다시 제자리를 찾아 다물어졌을 때는 거대한 비밀을 삼킨 듯 여겨졌다.

허공을 울린 한스의 음성이 잦아졌다. 그는 발렌티노를 두 번 부르지 않았다. 허공을 향해 턱을 치켜든 그 얼굴이 더는 발렌티노를 찾을 필요가 없다는 걸 아는 것 같았다. 한스가 판사를 올려다보며 물었다.

"판사님은 이 시간에 왜 오신 건가요?"

"신부를 만나기로 했다네."

"바람을 맞았군요."

"모르지."

한스의 턱 끝이 판사의 품에 들린 포도주를 가리켰다.

"애지중지하는 걸 보니 고급술인가 보군요. 신부님을 뵈러 온 거니까. 아무래도 그렇겠죠?"

"최고급이지. 최고급 포도주."

"역시 그럴 줄 알았어. 신부님이 나타나면 저도 한 잔 주시죠."

"그럴 일은 없을 걸세."

한스가 크게 낙담하는 표정을 지었다. 온 힘을 다해 정말 그 술이 절실하다고 말하는, 두 번 다시 볼 수 없을 그런 표정이었다. 다시 침묵이 흘렀다. 일정한 간격을 두고 움직이던 초침이 박자를 무시하고 두세 칸씩 제멋대로 뛰는 듯했다. 참지 못한 한스가 입을 열었다.

"어디 숨어서 우릴 지켜보고 있는 거 아닐까요?"

판사가 짧게 되물었다.

"발렌티노가?"

"네. 신부님이요."

"왜 그렇게 생각하지?"

"그저 재미로요. 자기가 없을 때 남들이 뭐라고 하나 지켜보고 싶어서죠. 누가 험담을 꺼내면 갑자기 나타나서 놀라게 해 주려고 할지도 모르고요."

"자네가 해 보게."

"뭐를 말입니까?"

"험담."

한스를 내려다보는 판사의 어투가 건조했다. 베드로는 그가 친구에 대한 농담을 자신의 권위에 도전하는 의미로 받아들이는 걸 알았다.

판사가 말했다.

"나이가 들수록 철이 없어져도 그런 장난을 좋아하는 친구는 아닐세. 그렇지? 말해 보게. 베드로. 누구보다 자네가 오래 섬겨 왔지 않은가."

베드로가 대답했다.

"숨어서 누굴 엿보거나 하지는 않으셨습니다."

"않으셨다고?"

판사가 물었다.

베드로는 과거형을 사용한 잠깐 사이의 실수를 판사가 알아차리진 않았을지 걱정했다. 만약 그렇다면 모든 게 끝이라고 생각했다. 줄곧 의심받아 오지 않았다면 모르고 지나쳤을 찰나의 실수였기 때문이다.

자신감이 없어 보이고 싶진 않았지만, 한 번 숙인 고개가 들리지 않았다. 그의 손도 테이블 아래에 숨어 있었다. 갑자기 손목이 아팠다. 유서를 대필하고 버섯을 썰고 국자를 휘두른 손목이 아팠다. 손가락을 까닥거리자, 손목뼈를 덮은 신경이 욱신거렸다. 독버섯을 찾아내던 눈이 건조했다. 그걸 따르라 굽혔던 무릎이 통증으로 뒤덮였다. 살인자의 직업병이 멀쩡한 부위를 찾아 전신을 돌아다니는 걸 견뎌 보지만, 온몸이 살인을 도왔다.

"그렇지. 그런 유치한 장난은 하지 않았지. 그 거구가 갑자기 나타나면 놀라기야 하겠지만."

말한 판사가 베드로에게 등을 보였다. 그의 정면으로 고해소가 보였다. 얼마 되지 않는 단상 계단을 밟고 내려가 고작 몇 발짝이면 닿을 곳에 그의 친구가 앉은 채 묻혀 있었다.

판사가 베드로에게 물었다.

"그런데 말이야. 그 친구가 험담할 게 있었나?"

"신부님이요?"

"그래."

"잘 모르겠습니다."

"떠올려 봐."

"여기 다른 사람들이 있습니다."

"생각해 놓은 게 있긴 하군."

이때 잠잠히 있던 여자가 끼어들었다.

"하기 싫은 말을 자꾸 강요하지 마세요. 판사님."

그러자 베드로가 여자에게 따지듯 물었다.

"하기 싫은 말이라뇨?"

"험담이요."

베드로가 저도 모르게 여자에게 언성을 높였다.

"처음부터 없어요. 그런 거."

일순간 단상이 조용해졌다. 뒤늦게 베드로가 모두의 눈치를 살폈지만, 무감각한 시선이 돌아왔다. 추상적인 시간이 그들 사이에 흘렀다. 성당의 침묵도 그만큼 흘러갔다. 베드로는 감정과 상황판단이 따로 노는 기분이 들었다. 손가락으로 이마를 짚고 굵어진 혈관을 주물렀다. 한숨이 턱 아래로 흘렀다. 곧 그의 귓가에 조롱이나 다름없는 웃음소리가 들려왔다. 그쪽으로 고개를 돌리니 한스가 이제야 알겠다는 듯 의미심장한 표정을 짓고 있었다.

"불쌍한 사제한테 떠볼 거 다 떠보셨으면 이쯤에서 모습을 드러내시죠. 신부님."

한스가 다시 소리쳤다. 그는 이 상황을 장난쯤으로 여기는 거 같았다. 허공을 향해 일어날 리 없는 일을 몇 차례 더 주문했고 나중에는 그것도 귀찮아했다. 한스가 말했다.

"베드로, 자네가 신부님을 모셔 와야 하겠는걸. 나도 슬슬 불쾌해지려고 해."

"그래요. 그 길에 잠깐 바람이라도 쐬고 오세요."

여자가 걱정하는 얼굴로 말했다.

"그럴 날씨는 아닌데요. 아가씨."

한스의 웃음.

베드로라고 이들로부터 떨어져 있고 싶지 않았을까. 만약 그런 일이 가능하다면 불을 지르고 성당 문을 막아 놓고는 아주 멀리 도망치고 싶었다. 하지만 자리를 비운 사이 여자가 운명을 손질하도록 놓아둘 수는 없었다. 정돈된 악보가 테이블 위에 놓였다. 악보를 벗어나는 판사의 길고 두터운 손가락에 걸린 결혼반지가 촛불이 밝히는 빛에 반짝였다. 판사는 보이지 않는 무언가를 보듯 베드로의 주변을 살피더니 나직이 입술을 움직였다.

"아무도 난장판이 된 장의자를 지적하지 않는군."

어떤 변명이라도 해야 한다는 강박이 베드로의 심장을 움켜쥐었지만, 혀가 풀리지 않아서 아무런 말도 나오지 않았다. 베드로는 자신과 비추어 판사는 비교도 할 수 없이 지적이고 똑똑한 사람이라고 생각해 왔다. 그런 그가 자신에 대해 특히나 살인을 저지른 자신에 대해서 모르는 것이 없다는 생각이 들자 차츰 심리에 변화가 일어났다. 발렌티노를 죽이기에 앞서 지녔던 마음가짐의 긍정적인 측면보다는 부정확하고 불안한 면을 강조하게 되었고, 살인에 이르기까지 순탄하게 진행되던 상황이 이제는 어처구니없는 우연으로 느껴졌다. 교수대에 매달린 자신이 보였다. 관중들은 떠나고 없었다. 발치 아래에 판사가 서 있었다.

"장의자가 저렇게 된 게 내 눈에만 보이나?"

말한 판사가 회중시계가 매달린 조끼 안주머니에서 은제 담배 케이스를 꺼내 열었다. 그가 한 개비를 물었고 허리를 숙여 한스 앞에 놓인 촛불에 불을 붙였다. 동그랗게 말린 연기 너머로 판사의 눈빛이 날카롭게 반짝였다. 베드로는 푸르스름한 담배 연기에 감싸지는 세 사람을 보았다. 그들이 평생 죄를 짓지 않은 평범하고 무해한 사람들로 보였다. 판사가 이번에는 수프에 관심을 보였다. 두려웠다. 두려움은 판사의 손바닥이 접시 위에 그림자를 만들면서 포괄적으로 증폭되었다. 심장이 제 박자를 잃고 박동했다. 판사의 손바닥이 갓난아이의 이마 위에 세례를 하듯이 접시 바로 위에서 멈추었다. 판사가 말했다.

"엷지만 수프에 온기가 남아 있군. 발렌티노는 어디에 있나? 베드로."

겨우 벌린 입술 틈새로 허튼소리가 연이어 나왔다.

"모르겠습니다. 식사하던 도중에 나가셨겠죠. 네, 가끔 그러세요. 악상이 떠올랐다면서 자리를 떠나시죠. 오늘도 그 바람에 악보가 떨어졌을 거고요. 장의자가 저렇게 흐트러진 것도 급하게 그 큰 몸을 움직이시다가."

"자네는 그때 없었나?"

"부엌에 있었습니다."

"그렇다면 보지 못한 걸 본 거군?"

"아마도 그런 이유가 아니라면…… 모르겠습니다. 모르겠어요."

"이렇게 바이올린을 놔두고?"

"네?"

"악상이 떠올랐다고 하지 않았나."

베드로는 말하기를 멈췄다. 같은 질문을 해온대도 그때마다 같은 대답을 되풀이할 자신이 없었다. 그는 재빨리 자리를 일어났다. 아직 판사가 지적하지 않은, 떠올랐다는 악상을 기록하는 데 중요한 잉크와 펜을 은쟁반과 접시에 한데 포개 들고 단상 계단으로 내려가는 길에 그것들을 수건과 함께 양동이에 담았다. 그리고는 양동이 손잡이를 쥐고 귀를 닫고 부엌으로 피신했다. 판사의 목소리가 복도를 울렸다.

"그렇다면 그 친구는 방 안에 있겠군."

베드로는 울고 싶었다. 무얼 놓치고 있는지 알 수 없었다.

양동이에서 꺼낸 접시들을 물로 씻어 내길 반복하며 냉정함을 찾았지만, 잠시뿐이었다. 신경 한쪽이 부엌 밖에 있었다. 누군가 그를 찾아올 거라는 기분 그리고 오랜 시간을 부엌에서 보낼 수만은 없다는 조바심이 한데 묶여 복도를 떠돌았다. 마지막 접시에 남은 물기를 헝겊으로 닦아낼 때였다. 복도에 들어선 인기척이 점점 가까워지는 소리가 들렸다. 뒤를 돌아보진 않아도 판사라는 걸 알 수 있었다. 키가 큰 그는 낮은 굽을 신었고 곧게 편 척추 아래로 길게 뻗은 두 다리는 나아가는 데 주저함이 없었다. 시원시원한 구두 굽 소리가 부엌 직전에서 멈추더니 곧 발렌티노의 방문을 여닫는 소리가 들려왔다. 베드로는 역시 판사가 맞았다고 생각했다. 스스럼없이 발렌티노의 방을 찾아내어 열 수 있는 건 그가 유일했다. 베드로는 손에 들린 접시를 바라본 채 판사를 향한 감각을 열어 놓았다. 발렌티노가 방에 없는 걸 확인한 판사가 복도를 나서면 곧장 그에게 따라붙을 계획이었다. 저렇게 혼자 내버려두면 아무래도 문이란 문은 다 열고 다닐 거 같았고 그러다 보면 종착지를 발견하게 될 테니까.

고해소의 시체는 발견될 것이다. 단 신부를 찾아 나선 순진무

구한 젊은 사제에 의해 적당한 시기에 말이다. 베드로는 여자의 등장이 모든 걸 망쳐 버렸다고 생각했다. 그녀 앞에서 그는 창백했다. 곧이어 그들이 나타났다. 그는 당황했고 의심을 샀다. 일상적인 질문에도 침묵했고 누군가가 대신 나서 주길 바랐다. 필요 이상으로 판사에게 딱딱하게 굴었다. 평상시처럼 적당한 미소를 건넬 수 있었고 어떤 질문은 되물어 가며 자연스러운 분위기를 연출할 수도 있었다. 무엇보다 판사의 존재가 자살의 당위성을 떨어트렸다. 친구와 술 약속을 정하고 자살하다니 의심을 살 만했다. 아무래도 변명거리를 준비해야 했다. 결정적인 순간에 당혹감이나 낭패감이 접근하지 못하도록 든든한 무기를 지니고 있어야 했다.

베드로는 으깨진 버섯들로 난장판이 된 부엌 바닥을 물로 씻어 내기 시작했다. 머리로는 유언장에 적힌 내용을 되짚으며 자살에 이른 발렌티노에게 적당한 인격과 사연을 부여했다. 발렌티노는 아동 성도착증에 의한 알코올 중독이었고 예술을 돌파구로 삼았지만, 소용이 없었다. 자살을 목전에 둔 그가 죽마고우와 술 약속을 잡는다. 반가운 인물과 만나 대화를 나누면 기분이 나아질지 모르니까. 그러나 저녁 식사 도중에 밀려온 갑작스러운 우울은 극단적인 선택이 쉬워 보이게끔 했다. 발렌티노는 스스로 닫고 들어간 문이 다시 열리길 기대하면서 신과 가장 밀접한 장소로 걸어 들어갔다. 절망으로 마무리된 발렌티노의 즉흥적인 죽음에서 위로를 찾자면 젊은 사제의 그림자가 기웃거리지 않았다는 점이다.

*

 장의자가 제 위치를 찾는 소리와 성당을 할퀴는 빗물 소리가 씨름을 벌였다. 장의자를 정리하던 베드로는 단상을 바라보았다. 판사가 발렌티노의 의자에 앉아 있었다. 차분하고 진지한 표정이었다. 그 옆에서 농담을 던지는 한스는 판사의 반응을 얻지는 못했다. 안개가 낀 거 같이 어둑한 단상 위에서도 여자의 이목구비만큼은 뚜렷했다. 베드로는 그녀의 눈길이 성당 어느 구석 어디쯤에서 얼마나 멈추는지 그때마다 신경을 곤두세웠다. 다행히 자리를 떠난 사이에 밀고가 이뤄진 기미는 없어 보였다. 베드로는 누군가 먼저 의자에서 일어나 나머지들이 뒤따라 나가면 얼마나 좋을지 상상했지만, 성당에 장막을 치기 시작한 폭우가 그런 생각을 비웃었다. 여자의 입술이 웃었다. 그녀가 한스의 이야기를 경청하기 시작한 것이다. 판사는 여전히 무뚝뚝한 표정을 지켰다. 그 때문인지 한스의 목소리가 커졌다.
 "난 처음부터 알고 있었지. 신부님이 젊은 남녀를 위해서 자리를 비켜 준 거라고."

여자가 입을 손으로 가리고 눈꼬리를 떨어트렸다. 괜찮은 반응을 얻은 한스는 손짓을 동원했고 그 바람에 촛대를 거의 쓰러트릴 뻔했다. 촛불이 출렁였다. 벽에 비친 판사의 그림자가 잠시 기울였다 펴졌다. 여자의 웃는 얼굴에 진한 윤곽이 드러났다 사라졌다. 베드로는 처음으로 여자가 아름답다고 생각했다. 비록 이 마을이 그녀에게 적격한 땅이 아니었을 뿐 어느 지역의 어느 기준에 따라선 미인으로 대접받기에 무리가 없다고 여겼다. 이성이 풍기는 아름다움에 잠시 기가 죽어서 그녀와 더욱 멀어진 기분이 들었다. 여자를 모르는 베드로는 사제복을 보호막으로 두어야만 자신 있게 그들을 대할 수 있었고, 그 보호막 밖에서 욕망이 뜬눈으로 지나가는 것을 지켜보며 괴로움을 느끼고는 했다.

"사제님이 여자라뇨. 불경한 거 아니에요?"

"아가씨, 안 그러면 이 저녁에 산속까진 왜 온 겁니까?"

한스는 무슨 생각인지 딱히 거부감을 드러내지 않는 여자를 관찰했고, 그녀의 표정 어디에서 확신을 얻은 듯 두 청춘남녀의 관계를 알고 있었다며 허세를 부렸다. 그러나 그가 아는 건 아무것도 없었다.

한스가 베드로에게 손짓으로 합석하라는 신호를 보냈다. 정리를 마친 장의자를 만지작거리던 베드로는 선택지가 없었다. 엉

거주춤 단상을 올라와 판사 옆에 앉았다. 한스가 베드로에게 말했다.

"이거 눈치도 없이 나타나서 방해했네."

여자가 처음으로 크게 반응했다. "그만하세요."

한스는 물러서지 않았다. 오른쪽 팔꿈치를 테이블에 괴고 상체를 베드로에게 기울였다.

"우리 사제님이 인기가 있을 만하지. 저 높은 코. 눈썹도 진하고. 숲에 살아서 그런지 피부도 깨끗하고. 그리고 저 아이 같은 손."

베드로가 테이블 밑으로 손을 감췄다. 그 손가락은 길고 하얗다. 예술가의 특질이 전해질 것까진 아니어도 어루만지는 사물에 인상을 남길 만한 정서가 담겨 있었다. 누군가를 죽음에 이르게 할 손가락이 아니었다. 그가 손가락을 쭉 세워 보았다. 부드럽고 하얀, 통통한 손가락이 오래전에 죽은 그의 아버지와 닮은 듯 닮지 않은 듯 못마땅한 차렷 자세를 취하고 있었다.

"사제가 아니면 성당은 왜 온 겁니까."

"글쎄요."

"그만 털어놓으시죠. 아가씨."

한스가 묻고 여자가 답하는 대화가 들려왔지만, 베드로는 다른 생각에 잠겨 있었다. 그가 도망친 고향의 작은 마을, 그 마지막 밤 불기에 휩싸인 검은 집과 검은 들판이 어둠 속에 있었다.

서쪽으로 부는 바람을 따라 베드로는 걸었고, 달빛이 깔린 들판은 떠내려가는 파도처럼 하얀 거품을 드러내며 저 멀리 물러나고 있었다.

"마리."

한스가 방금 들은 그녀의 이름을 불렀다. 이제 그녀의 이름은 마리였다. 회상에 빠져 있던 베드로가 고개를 들어 여자를 보았다. 마리. 그 이름을 속삭였다. 가라앉아 있던 한 조각 기억이 뒤늦게야 떠오른 기분이 들었다. 베드로는 어디선가 그녀와 그 이름을 들은 적이 있던 것이다. 그녀가 누군가의 행복에 미지근한 축하를 보내며 무기력했던 이곳 성당에서.

처음 마리가 집을 나서기로 결심한 것은 그녀가 열일곱 살이 되던 해였다. 마법 같은 첫사랑이 실패로 끝나지 않았다면 이루어졌을 현실이었다. 그러나 어느 날 남자는 마리를 두고 홀로 마을을 떠났고, 열일곱 살 마리는 스물다섯 마리가 되기까지 부모님과 언니가 있는 집에서 함께 살아왔다.

집은 항상 소리가 들렸다. 새벽부터 부모님이 운영하는 1층 세탁소 문이 여닫히는 소리, 모의를 꾸미는 듯 가만히 옷걸이를 빼고 거는 소리, 빨랫감을 들고 계단을 오르내리는 어머니의 무겁지도 가볍지도 않은 발걸음, 욕실 타일을 두드리는 언니의 물줄기 소리, 옷을 태워 먹은 마리에게 지르는 아버지의 고성. 이 모든 소리가 제각각 독자적인 음성을 내며 집안을 누볐다. 크리스마스를 보낸 어느 겨울, 예상했던 죽음이 실체화되리라는 감각이 그녀를 에워쌌다. 폐기를 기다리는 다리미처럼 그녀의 인생도 이 좁은 건물을 벗어나지 못할 거라는 두려움이었다. 그녀가 그녀의 다락방 창문을 열었다. 고요한 가운데 누군가 그녀를 구원해 줄 기적의 소리가 들리는지 집중했지만, 가라앉는 맥주 거품처럼 귓등에 내려앉아 피부 속으로 스며드는 잔 눈송이의 수줍은 번짐도 알아차리지 못했다. 이대로 죽으면 사람들은 나를 어떻게 기억할까. 끝내 집도 마을도 벗어나지 못한 덜떨어진 처녀? 제대로 미쳐 버린 인간 다리미? 서로 맞물리는 가족들의 삶 속에서 마리의 세계는 점점 축소되어 가고 있었다.

첫 남자를 그리워할수록 안 좋은 소식만 들려왔다. 애써 무시하려 해도 인정해야 하는 사실이란 그가 떠나고 없는 몇 해 사이 한 번의 전쟁이 있었다는 것이다. 마리의 두 번째 사랑은 올해 실패했다. 그녀는 더 이상 설 곳이 없었고 자신을 조심스럽게 대하는 방식을 잊어버렸다. 큰 욕심을 부려왔던 건 아닌데 어쩌면 그렇게 될 거라고 막연히 걱정하던 그대로 되어 버린 것이다.

"오늘 집을 떠난 길이었어요."

마리가 말했다.

"그래도 이런 시간에 이런 궂은 날씨라니 결심이 컸겠군요."

한스가 말했다.

"출발할 때는 흐리지만 해가 떠 있었어요. 비도 오지 않았고요. 무엇보다 언니하고 대판 싸웠거든요. 당장 나오지 않으면 못 견디겠더라고요."

"언니?"

한스의 미간에 가는 주름이 생겼다.

"먼저 집을 떠난 언니인데 남은 짐을 찾으러 왔었어요. 그러다 대화 도중에 문제가 생겼죠. 흔한 자매 싸움이에요."

"들어봐도 될까요? 그 흔한 자매 싸움을."

한스가 언니 이야기에 관심을 보였다.

"집안 문제라고 여기고 넘기시면 될 듯한데요?"

"직업이 직업인지라. 그게 쉽지 않군요."

"기사로 써내실 건 아니잖아요. 흔한 자매 싸움을요."

"일단 들어보죠."

마리는 함구했다. 더 이상 물어오면 고집을 부려서라도 성당을 떠날 것처럼 보였다. 반면에 한스는 정복해야 하는 대상을 앞에 둔 사람처럼 추궁하길 고집했다. 마리도 베드로도 그러는 이유를 알 수 없었다. 한스가 말했다.

"언니와 벌인 말다툼 때문에 집을 떠나기로 결심했다는 이야기도 자세히 듣고 싶군요."

"거기에 무슨 불만이 있나 보죠?"

절묘하게 이어지는 시비는 사그라들 기미를 보이지 않았다.

"집을 떠난 언니가 짐을 찾으러 왔다고 했는데, 그러면 보통은 싸움이 나도 참고 말지 본인이 집을 나가지는 않죠. 언니야 돌아가면 그만이니까."

말꼬리가 잡힌 마리의 눈빛이 경멸하듯 가늘어졌다.

"부모님에게 작별 인사는 하고 나오신 거죠?"

"아니요. 하지만, 기자님 덕분에 내일 신문에서 확인하시겠네요."

판사도 입을 열었다.

"가출했으면 역으로 가거나 마차를 빌렸어야지 성당으로 온 까닭은 뭐지?"

한스와 베드로가 그녀의 입을 바라보았다.

"마을을 떠나기 전에 고해성사를 하고 싶었어요."

예상치 못한 그녀의 대답에 판사조차 놀라는 눈치였다.

"이상한가요? 이 마을은 내가 이 나이 먹도록 나고 자란 곳이에요. 당연히 추억이 많죠. 남기고 싶은 말도 많고요."

"남기고 싶은 말?"

판사가 물었다.

"네, 한둘이 아니죠."

"잠깐만요."

베드로가 거슬리지 않을 만큼만 높인 목소리로 말했다.

"고해성사는 무슨 앨범이나 일기장 같은 게 아닙니다."

베드로는 이 말을 꺼낸 걸 후회했다. '고해성사'에 반응한 그녀가 깊은 잠에 빠진 사람처럼 고해소를 바라보았기 때문이다. 흐릿한 어둠 속에서 멍한 빛을 내는 촛불이 그녀의 눈동자를 조심스럽게 비추었다. 작아진 동공이 테두리 없는 여백에 갇힌 듯 정처 없이 움직였다. 실수를 깨달은 베드로가 기분을 나쁘게 할 의도가 아니었다고 사과하는 것으로 무감각해진 그녀를 깨우려 했다.

"제 말뜻은 그게 아니라……."

"괜찮아요."

마리가 베드로에게 안심하라는 표정을 지어 보였다. 그런 다음 가까이에 놓인 바이올린에 손을 올려 스크롤이 건너편에 앉은 한스를 가리키도록 천천히 반 바퀴 회전시켰다. 마리가 말했다.

"그쪽이야말로 무슨 일로 오셨는지 말씀하시죠."

한스가 그녀에게 기울였던 상체를 고쳐 잡았다.

"그야 여기 계신 사제를 만나러 왔지요."

베드로가 한스에게 물었다.

"우리가 약속했던가요?"

"그런 건 아니지만, 여기는 성당이잖아. 불철주야 신부와 사제가 머물고 또 불철주야 실의에 빠진 방문객들이 찾아드는 곳이지. 고급 포도주로 남몰래 술잔을 기울일 생각이면 정식으로 약속을 잡아야겠지만."

은근히 판사를 비꼰 한스였다.

"그러지 말고 한 잔 채워 주시죠. 판사님. 신부님이 어디 나가셨다가 빗길에 늦으시는 거 같은데요."

판사는 한스를 보지 않고 고개를 가로젓는 것으로 거절 의사를 분명히 밝혔다. 한스가 시무룩해진 피에로 같은 표정을 지었지만, 판사를 지나쳐 베드로에게 고개를 돌렸을 땐 흘러내리는 히스테리를 광대뼈로 받아내는 딱딱한 얼굴로 바뀌어 있었다.

한스가 말했다.

"율리시의 사형집행이 내일인 거 알고 있지?"

베드로가 고개를 끄덕이는 걸 본 마리가 물었다.

"그 사람 사형이 내일이었어요?"

세상이 떠들썩한 그 일을 모를 리 없었음에도 짐짓 모른 척한다는 걸 테이블 위에 모인 모두가 느꼈다. 분위기를 의식한 마리가 이렇게 말을 보탰다.

"내일모레인 줄 알았는데 아니었군요……. 율리시도 알고 있겠죠?"

"모를 수가 있나. 아가씨, 온 마을이 처형식을 준비하느라 장난이 아닌데."

한스가 말했다.

"다른 사형수 때문이라고 생각할 수 있잖아요. 아니, 간수들이 알려 주나요?"

"보통은 알리지 않지."

한스가 맞장구쳤다.

"판사님 말씀대로야. 원칙적으론 불필요한 소동을 줄여야 하니까 비밀에 부치지."

"불필요한 소동이요?"

의자 등받이에 몸을 기대느라 테이블과 떨어져 있던 한스가 원래대로 돌아와 말했다.

"과거에 좋지 않은 선례가 있었어. 사형을 직감한 사형수가 있었는데 사형 전날 밤에 간수를 불러서 감옥 종탑에 오른다고 해 본 거야. 기상을 알리거나 특별한 사건이 생기면 치는 종이지. 아마 여기서도 보이지 싶은데."

한스가 턱 끝으로 폭우 너머를 가리켰지만, 누구도 그쪽을 보지 않았다.

"아무튼 감옥 종탑이 이 지역에서 가장 높은 곳이라서 올라가면 온 마을이 훤히 보여. 그만큼 하늘 위에 천당도 가까워지고.
그래서 사형수가 원하면 간수들이 딱 한 번 오르게 해 주지."

"종탑에 오를 수 있으면 사형수란 의미가 되겠군요."

음성이 흔들린 마리가 침을 삼켜 목을 가다듬었다. 연민을 느
끼는 그녀와 달리 한스는 시큰둥하게 말을 이어 나갔다.

"그 관례를 그 사형수는 알고 있던 거야. 같은 말이 돌고 도는
감옥이니까 뻔했겠지. 어쨌든 사형 하루 전날 밤에 사건이 터졌
어. 부탁을 받은 간수가 그 사형수를 순순히 종탑에 오르게 해
줬거든. 사형수는 사형을 확신하게 되었고, 방으로 돌아오자마
자 자고 있던 동료 죄수를 죽였어. 이렇게 목을 졸라서. 머리를
쓴 보람이 있었지. 그 바람에 새로운 살인인 대한 재판이 열렸으
니까. 이 말인즉 사형이 미뤄졌다는 거야."

"그 일로 사형 일자를 함구하라는 제도가 생겼으니 잘된 일이
야. 쓸모없는 소동도 줄이고."

마무리는 판사가 지었다.

아, 하고 탄식한 마리가 고개를 저었다. 그녀는 비슷한 탄식을
연거푸 했고 호흡이 점차 고르게 되면서 동료 죄수를 죽인 사형
수에게 잠시 지녔던 미움도 차분하게 가라앉았다.

그녀가 말했다.

"그래도 자기 운명을 모른다는 건 너무 잔인해요."

"율리시는 알 거야."

한스가 말했다.

"비밀에 부친다면서요."

"율리시는 특별해. 아가씨."

한스의 말이 옳았다. 율리시는 죽고 나서도 덕망이 남을 죄수였다. 비록 그의 결말과 결말쯤의 인생이 불행한 인류의 최후를 답습하려는 바가 있지만, 그는 이미 죄수들과 심지어는 간수들에게까지 옳은 삶에 관한 신념을 남겨 주었다. 베드로는 감옥 복도를 따라 율리시가 기다리는 접견실을 향하던 2주 전을 떠올렸다. 그날은 율리시가 죄수들에게 미친 영향을 실감한 날이었다. 어수선한 죄수들의 울음이 창살 틈으로 삐져나온 팔들과 함께 복도 밖으로 널어져 있었다. 걸음마다 이야기를 들어달라는 고성이 경쟁하듯 감옥을 울렸다. 얼마 뒤면 율리시는 죽어. 저 좋은 율리시가 처형당하는데 나야 당연히 죽겠지. 비밀이던 율리시의 사형이 비밀이 아닌 게 되면서 감옥은 술렁이고 있었다. 한 죄수가 베드로의 얼굴에 침을 뱉어 관심을 얻어냈다. 가만히 보니 제 눈동자처럼 죽어 가는 노인이었다. 창살을 거의 비집고 나온 그 얼굴이 말했다.

"사제 양반, 율리시를 따라 우리 모두 천국에 간다고 말해 줘. 거기서 율리시를 다시 만나게 될 거라고!"

*

십오 년 전, 떠돌이 율리시가 마을에 들어왔다. 그는 그가 지닌 운만큼 돈이 없었고 몸과 영혼을 쉬게 할 집도 친지도 무엇도 없었다. 대신 나무를 다루는 능력이 좋았다. 구상한 모양대로 나뭇결을 헤집고 파내어 고목을 쓸모 있는 무언가로 변모시켰다. 대부분 시간을 홀로 보내던 어린 시절부터 나무를 좋아했기에 지닌 능력이었다. 나무 책상, 나무칼, 나무 새총, 나무 위의 나무집, 친구들에게 괴롭힘을 받던 그를 반겨 준 나무 그늘. 그가 숲이 많은 이 마을을 찾아 오랫동안 정착할 마음을 품은 건 자연스러운 선택이었다. 불행히도 그렇게 되었지만.

마을을 찾은 율리시는 목공소에 취직할 계획을 세우고 여인숙의 헛간을 빌려 잠을 청했다. 잠든 사이 여주인이 지내는 2층에서 소란이 일어났다. 여주인의 비명에 마구간 말들이 흥분해서 날뛰었다. 잠에서 깬 율리시는 하룻밤 안식처를 허락해 준 여주인을 위해 위층으로 달려갔다. 그곳에서 그가 목격한 것은 막 난도질이 끝난 여주인과 칼을 든 한 남자였다. 남자는 키가 컸고 걷은 소매 밖으로 두텁게 갈라진 팔 근육을 내놓고 있었다. 입술은 칼에 그였는지 타고난 언청이인지 모를 흉터가 아로새겨 있었다. 이마를 살짝 덮은 짧은 머리카락은 온통 회색이었다. 그러나 그는 젊었다. 이십 대 청년이던 율리시와 비등한 나이로 보아야 옳았다. 율리시는 움직임이 없는 그와 대치했다. 그즈음 벌어지던 연쇄살인으로 마을을 순찰 중이던 두 명의 자경단이 올라오는 소리가 계단을 울렸다. 남자는 그들이 방안으로 닥치기 직전에 창밖으로 몸을 던졌다. 율리시가 내려다본 남자는 다친 다리를 절뚝이며 사라지는 모습이었다.

이 모든 주장에도 불구하고 율리시를 감옥으로 보낸 건 그 시각 그를 창문 너머에서 봤다는 목격자의 증언이 결정적으로 작용했기 때문이다. 목격자는 여인숙 건너편 세탁소집에서 사는 열두 살 아가씨였다. 낮 동안은 정신을 지치게 하는 지루함과 나이에 걸맞지 않은 피로를 견뎌야 했지만, 웬일인지 밤이 오면 동공이 환하게 열려선 길가에 돌아다니는 행인들과 작은 동물들을 보는 일이 기쁨이 되었다고 했다. 그날 밤도 2층 방문을 열고 별빛 아래에서 술에 비틀거리며 말을 끌고 가는 나그네들을 구경하던 목격자는 정면으로 마주 보이는 여주인의 창문에 불이 켜지는 것을 보았고, 비명이 멈추더니 얼마 뒤엔 순찰 중이던 두 자경단이 창문에 나타났으며 처음부터 창 안쪽에는 성인 남성 한 명이 있었는데 그가 창밖으로 달아난 일은 없었다고 법정에서 증언했다.

베드로는 눈을 감은 채 시간이 얼마나 지났고 또 몇 시쯤 되었을지 가늠해 보았지만, 한밤중인 것 말고는 알지 못했다. 그는 기도하는 사람처럼 모아쥔 손으로 신경쇠약 탓에 통증이 느껴지는 오른쪽 눈을 지그시 눌렀다. 무겁게 감긴 어둠 속에서 무고를 주장하던 율리시의 모습이 떠올랐다. 얇은 꿈처럼 느껴지는, 온 힘으로 억울함을 피력하던 그 모습은 율리시가 그의 운명을 받아들이기 이전에 벗어 던진 허물이었다. 더 이상 그는 무고를 주장하지 않는다. 처한 운명에 순응하고 주변으로 스며든 지 오래였다. 율리시가 스스로 진범인 걸 알기 때문에 바뀐 태도 변화일지 베드로는 의심했지만, 그조차 더는 중요치 않았다. 만약 유죄라면 율리시가 사라질 내일도 그다음 날처럼 흐를 것이며 지은 죄가 없다면 일단락이 나버릴 그의 운명이 언젠가는 심판대에 서지 않은 사람들을 심판할 거라는 믿음이었다.

"기자님, 그런데 사제님을 찾아왔다고 하지 않았나요?"

마리가 말했다. 그녀가 조금 빨랐을 뿐 베드로도 한스에게 같은 질문을 하려던 참이었다. 한스가 그답지 않게 뜸을 두고 말했다.

"내일이 사형집행일이잖아. 그래서 더는 시간이 없을 거 같아서 와 봤지. 나야 그 뒤로 율리시하고 좋이 났어도 베드로 자네는 관계를 잘 유지해 왔잖나. 그래서 말인데…… 혹시 들은 고백

같은 게 있나?"

"고백이요?"

베드로가 되물었다.

이마를 긁적거리는 한스.

"그게 그러니까. 알려진 사건 말고 우리가 모르는 다른 살인이 또 있진 않았을지 해서 말이지."

"다른 살인이요?"

이번에는 마리가 반응했다.

한스가 담배를 꺼내 입가에 가져다 댔다. 그는 필터를 질끈 물고는 불을 붙이는 건 나중으로 미루었다.

"율리시가 잡히기 직전에 이웃 마을에서 살인 사건이 있었어. 난 동일범 소행이라고 믿고 있고."

의미를 파악한 베드로가 말했다.

"율리시가 전국적인 살인범으로 등극하는 순간이군요."

"비꼬지 마. 비꼬지 말고 냉정하게 생각해 봐."

입에 문 담배 꼬리가 흔들렸다.

"난 진실을 가릴 기회가 있을 때 가려두고 싶은 거니까."

"내일이면 없어질 사람한테요?"

베드로가 힘차게 이었다.

"율리시가 관여된 사건은 분명 한 가지입니다. 그조차 억울한 피해자일 수 있고요."

베드로와 율리시의 관계를 짐작한 셋은 침묵했고, 다소 높아졌던 언성이 제자리를 찾아 낮아지는 걸 기다렸다.

베드로가 말했다.

"율리시를 이제 놓아주시죠."

그러자 한스가 베드로를 타이르듯이 말했다.

"율리시와 긴 시간 동안 여러 대화를 나누면서 정이 들었겠지. 형제애 같은 게 생겼을 수도 있고. 우리 사제님이 신의 자비를 읊조릴 때 율리시는 무죄를 외쳤겠지. 그렇지만 시간이 지나면서 율리시도 죄를 인정하기 시작했어. 이제는 무죄를 입 밖에 내지 않고 알아주는 모범수로 지내고 있지. 포기는 자네가 하지 않아 보여. 뭐 설득하려고 오늘 여기 온 건 아니야. 자네는 자네가 믿는 것만 믿으면 되니까. 다만, 기자로서 또 다른 사건의 가능성을 지나치고 싶어 하지 않는다는 건 자네도 이해해야지."

"각자가 믿고 싶은 걸 믿으면 된다, 제가 하고 싶은 말이 바로 그겁니다."

한스는 대신 어떤 말이라도 해 주길 바라는 마음으로 판사를 보았지만, 그게 아닐 거 같아서 금방 기운을 잃었다. 포도주를 쥐고 엄지손톱으로 코르크 마개를 무심히 만지작거리던 판사는 율리시와 관련된 묵은 기억을 떠올리고 있었다. 깨고 나서도 한

동안 머릿속을 떠나지 않아서 어떤 교훈으로 여기라는 거 같은 꿈처럼, 그의 내면 깊숙이 자리 잡힌 기억이었다.

마지막 재판에 참석한 율리시가 판사의 지시에 따라 자리에서 일어났다. 율리시는 죄를 확인하는 그때마다 간수들의 주먹과 발길질에 터지고 뜯어진 입술에 마른침을 묻혔다. 판사는 판결에 앞서 묘한 쾌감을 느꼈다. 율리시에게 가혹한 선고를 종용하는 창 너머 함성을 들으며 이날따라 단조롭고 멀어 보이는 천장을 향해 힘껏 법 봉을 들었고 그걸 내리쳤을 땐 인간 율리시는 죽고 없었다. 쉬운 일이었다. 쉬운 일. 정의란 이런 모든 것이었다. 판사가 베드로를 보았다. 베드로는 불가능하다는 걸 알면서도 다시 한번 법정 다툼을 벌인다면 재판장 안에서 진실을 아는 사람은 판사가 아닌 그 자신이라고 믿을 게 뻔했고, 그에게 있어 편을 가를 필요도 없는 이 싸움에서 열 번이고 스무 번이고 율리시의 손을 올릴 터였다. 판사는 베드로가 지닌 열망 같은 연민이 사제라는 껍데기를 벗겨도 온전히 발휘될지 문득 궁금했다.

"율리시는 생을 포기하려던 순간에 스스로 답을 찾았습니다."

이렇게 말한 베드로의 얼굴이 사색에 잠긴 철학자처럼 변했다. 그는 지금부터 하려는 말을 이들에게 어떻게 이해시킬지 걱정스러웠지만, 무작정 이어나갔다.

"율리시가 주님의 말씀을 공부하던 초기에 제게 물어오더군요. 만약 모든 게 신의 계획이라면 죄 없는 자신이 겪는 고초를 이해할 수 없다면서요. 그다음 접견 때는 어째서 기도해야 하는지 그마저 궁금해했습니다. 신이 원하시는 바대로 이미 결정되어 있다면, 기도의 본질상 어떤 것을 소망하는 이 같은 행위가 의미 없는 것이 아니냐고 하면서요. 이 질문은 성경이 지닌 모순을 건드는 바가 있었습니다. 저는 아무런 대답을 들려줄 수 없었습니다. 기도가 구걸이나 다름없다는 결론을 내린 죄수에게 제가 무슨 말을 할 수 있었을까요. 제가 대답을 회피하자 율리시도 입을 다물었습니다."

율리시는 그 뒤부턴 베드로에게 감정을 드러내지도 찾아오는 그에게 고마움도 표시하지 않으며 싸늘하기만 했다. 그저 훗날을 위해 계획해 놓은 무언인가가 있다는 듯이 감정의 절반은 베드로를 경계하는 얼굴로 창밖을 처다보았고, 나머지 절반이 비치는 어두운 표정의 일면에는 당신은 어떤 역할이 되고 싶어 하지만 내가 당신에게 준 역할은 그런 것이 아니라고 말하는 거 같았다. 둘은 멀어졌다. 베드로는 여전히 죄수들을 만나 말씀을 전하는 일을 계속해서 이어 나갔지만, 율리시는 해당 사항이 아니었다. 시간이 흐르고 그렇게 소원해진 관계가 굳히기에 들어간 듯 보였다.

그러던 어느 날이었다. 베드로를 찾는 율리시의 면담 요청이

들어왔다. 이런저런 핑계로 율리시를 피했지만, 머지않아 편지 한 통이 성당에 도착했다. 글 속에는 베드로의 안부를 묻는 짤막한 인사에 이어 지난 물음에 대해 스스로 찾은 해답이 정중한 어투로 적혀 있었다. 베드로가 율리시를 의식하며 피하는 사이 그는 한 가지 질문에 매달리며 신에게 다가서고 있던 것이다. 편지를 읽고 느꼈던 곤혹스러움과 부끄러움이 사제로서 자신을 대하던 시선을 엉망으로 만들었다. 율리시를 신에게 인도한 건 베드로였지만, 알아서 신과 의견 합치를 이룬 건 율리시였다.

베드로가 다시 그를 찾은 날, 그들은 한동안 드라마틱한 저주에 사로잡힌 사람들처럼 서로를 말없이 마주 보았다. 베드로는 다른 사람처럼 느껴지는 율리시의 부드러운 미소로부터 죄수들이 그를 사랑하는 원인과 위험천만함을 찾아냈다. 베드로는 율리시가 감옥에 일으킨 변화를 간수와 죄수들에게 들어서 알고 있었다. 흙먼지 같은 신세 한탄 속에서도 똑바로 모습을 드러내지 않던 범죄 행각을 돌연 인정하기 시작했고 그런 그의 주변으로 죄수들이 모여들었다. 죄수들은 율리시를 통해 구원이라도 얻은 듯 스스로 퍼져나간 믿음이 마음속에서 나날이 공고해지는 걸 지켜보며 율리시와 율리시가 이룩한 것들을 신성시했다. 베드로는 자신이 행하여야 할 일을 감옥 안의 율리시가 대신 해내는 모습을 보면서 그가 인정하는 그의 범죄를 부정하게 될지도 모른다는 생각이 들었다.

율리시가 말했다.

"요사이 같은 꿈을 꾸었습니다. 그곳은 여기와 다르더군요. 태양의 붉기가 하늘을 감싸고 바위 같은 구름이 숨을 쉬듯 느긋하게 지상으로 가라앉고 떠오르길 반복했습니다. 날갯짓 없이 나는 아름다운 새들. 사람들은 허수아비만큼 말이 없더군요. 조용한 가운데 누군가 저의 이름을 불렀습니다. 저는 그 목소리의 주인을 알았습니다. 쉬지 않고 그분에게 대답했습니다. 목이 지치면 속으로 대답했습니다. 무릎을 꿇고 손을 조아리며 제게 벌어지는 그분의 계획을 여쭈었습니다. 끝내 모습을 드러내지 않으셨지만, 응답은 일어났습니다.

여인숙 사건의 진범이 저를 계기로 살인을 멈추리라 하셨습니다. 훗날 그가 마지막으로 저와 마주할 때 참회의 눈물을 흘리리라고도 하셨습니다. 또한 비록 죄 없는 저일지라도 죄인의 벌을 대신 받게 됨으로써 그 같은 자들을 구원하게 될 거라고 말씀하셨습니다. 저는 곧장 그 뜻을 이해했습니다."

율리시가 자리에서 일어나 녹슨 철근 두 개가 가로와 세로로 겹친 접견실의 작은 창문 앞으로 걸어갔다. 그가 죄수복을 벗었다. 창살을 통과한 햇빛이 그의 앙상한 가슴에 십자가 형상을 띤 그림자를 비췄다. 그의 가슴은 고름이 터져 검게 썩어 들어간 물

집들이 날카롭게 긁어낸 손톱자국과 뒤섞인 채 난도질이 나 있었다. 율리시가 말했다.

"제가 두려워하는 건 절 잡아넣은 이들이 제게 선처를 베푸는 것입니다. 이곳에 들어와 생긴 이 병으로 제가 짓지 않은 죄를 탕감해 주어 도로 세상에 내보낼까 두렵습니다. 저는 처형을 당해야 합니다. 비록 죄를 짓지 않았어도 본보기로써 존재해야 합니다. 제가 버젓이 이곳으로부터 걸어 나간다면, 아직 죄짓지 않은 자들이 짓지 않아도 될 죄를 지을 것이 걱정입니다. 저는 신의 계획입니다."

누가 이 이야기를 믿을 수 있을까. 그것이 설령 지은 죄로부터 분리되고 싶어 하는 한 인간이 창조해 낸 허구의 무언가라 한들 베드로는 실망하지 않았다. 율리시가 죄책감을 느끼고 과거를 반성하는 인간이란 증거였기 때문이다. 지금처럼 앞으로도 그를 떠올리는 데 오랜 시간이 걸리지 않을 것이다. 스스로 구원을 찾은 죄수는 흔치 않으니까. 베드로는 성당의 세 사람을 보았다. 한스는 그저 이야기가 끝난 것에 만족해했고, 마리는 입술을 굳게 닫고 있었다. 처음부터 이들에게 율리시를 이해시킬 수 있으리라 기대하지 않았건만, 까닭 모를 슬픔이 느껴졌다. 그나마 법을 다루는 판사가 직업과 연관성이 있는 말을 꺼냈다.

"위하력에 관한 이야기군. 사형집행에 찬성하는 논리로 쓰이지."

판사가 넌지시 바이올린을 쳐다보며 이었다.

"그 죄에 상응하는 벌을 줘서 잠재적 범죄를 막자는 논리인데, 기이하군. 죄인이 자진해서 위하력에 힘을 싣는다는 게."

곰곰이 생각에 잠겨 있던 마리가 말을 보탰다.

"율리시가 잠재적 범죄를 막으려는 본보기가 된다는 거죠? 그렇지만 죄의 유무도 신의 계획 아닌가요?"

"율리시는 자유의지로서 신의 예정설을 택하고 있는 거야."

말한 판사가 그녀를 보았다.

"모두 신의 의지로 결정되어 있다고 해 보자고. 아가씨는 오늘 밤 고해성사를 하러 왔다고 했어. 신부는 보이지 않고 자네는 머무를 이유를 잃었네. 마침 밖은 폭우가 내리고 있군. 만약 번개가 쳐서 철로가 감전되었다고 치자고, 폭우를 뚫고 여길 떠날 욕심을 냈다면 분명 발을 들였을 그 철로가 말이지."

"그래서요?"

"그래서긴. 아가씨는 이렇게 살아 있잖나. 신의 결정에 따라 성당에 남기로 한 의지를 발휘한 결과로써."

"어렵네요. 가엽고."

"가엽다?"

"율리시가요."

마리의 목소리가 겨우 들릴 정도였지만, 베드로는 율리시의 이야기에 관심을 기울이는 그녀의 음성이 돌아온 등대의 불빛처럼 소중했다. 그리고 한편으로는 율리시에게 연민을 느끼는 유일한 사람이 정작 그를 잘 알지 못하는 그녀라는 사실이 안타까웠다.

"가여운 것도 어려운 것도 없어. 곧 닥칠 일에 정당성을 부여한 것뿐이니까."

이 말은 한스의 입에서 나왔다. 따로 설명을 덧붙이지 않았지만, 그는 율리시를 부정하고 있었다.

판사가 말했다.

"단정 짓지 말게. 율리시 나름대로 결정론을 해석한 거니까. 우리가 대항할 수 없는 기계적 운명을 타고난 건지 누가 알겠나. 어쩌면 결정론을 지켜보는 증인에 불과할지도 모르지. 결정론 그 자체의 증거일 수도 있고."

판사가 한 명씩 손가락으로 짚으며 계속했다.

"보아하니, 기자님은 넋이 빠진 거 같고. 여기 아가씨는 이 질문에 대답하기에는 아직 생각이 필요해 보이고…… 자네는 사제니까. 당연히 신의 결정론, 예정설을 지지하겠지?"

한스가 말했다.

"베드로가 율리시 편이 된 걸 봐선 자유의지인지 뭔지를 지지한다고 봐야겠죠? 신이 그런 살인마를 지지하게끔 예정하진 않았을 거니까요."

판사가 자리에 없는 발렌티노를 언급했다.

"우리 사제님이 봤을 때 발렌티노는 어땠던가? 이 화두를 놓고 한 번쯤 대화를 나눠 봤을 거 같은데."

"오히려 종교인이라서 확신을 가질 문제가 아니었습니다. 그래서…… 모르겠습니다. 신부님이 어떤 의견이셨는지 잘 기억나지 않습니다. 판사님이 말해 주시죠. 친구로서 신부님이 어떤 이론을 지지한다는 인상을 받으셨는지요."

판사가 말했다.

"그 친구는 예정설을 지지해야겠지. 자기가 신인 줄 아니까."

한스가 참다가 웃음을 터트렸다.

"맞아, 다들 그렇게 의미 부여를 하면서 자기 자신을 속이고 사는 거야. 그 교활한 율리시는 자기기만의 화신이고. 안 그래? 잡혔을 때도 똑같아. 가상의 인물을 내세우면서 진범은 따로 있다고 하면서."

베드로가 들으라는 말이 이어졌다.

"결국 세상 모든 잠재적 범죄자한테 자기처럼 엿 되기 싫으면 잠잠히 있으라는 거잖아. 저지르지도 않는 여인숙 살인하고 나머지 연쇄살인까지 짊어지고 가면서 신의 쓰임이 어쩌고 하면서 말이야."

베드로가 말했다.

"저는 율리시의 말을 전했을 뿐입니다. 우리가 아는 죄인의 범주에 속하지 않는다는 걸 알리고 싶어서요."

한스는 탐탁지 않아도 달래는 어투를 썼다.

"베드로, 설마 율리시의 결백을 믿는 건 아니겠지? 제발 아니라고 말해 줘."

"우리는 율리시의 주장을 더 들어줬어야 했어요. 최소한 그럴 자격이 있는 사람입니다."

한스의 아래 눈가가 경련을 일으켰다.

"율리시가 잡힌 그 뒤로 살인이 멈췄어."

"창 아래로 떨어진 사람이 다리에 상처를 입었다고 했어요. 큰 부상이었을 겁니다."

"잘 기억하고 있군. 그러면 이 말도 기억하나? 율리시가 진범이라고 주장하던 자에게 받은 인상을 말이야. 율리시는 진범이 결코 살인을 멈추지 못할 거라고 했어. 자네가 여자 엉덩이를 쳐다보는 병에 걸렸는데, 독감에 걸려서 시야가 좀 흐릿해졌다고 그 짓을 멈출 수 있을 거 같나? 치료를 받고 하던 짓을 또 하겠지. 물론 안 받아도 하겠지만, 안 그래?"

한스는 당연하다 싶은 말을 되풀이하느라 지친다는 기색이었다.

"간단해. 더는 그 좋아하는 살인을 못 저지르게 된 거야. 나는

107

기자 생활을 오래 해 왔기 때문에 그런 종류의 인간이 어떤지 잘 알아. 우리 주변에 숨어서 끊임없이 욕구만 채울 기회를 엿보고 있지. 날 설득하고 싶다면 차라리 개과천선해서 살인을 멈추었다고 해야 할 거야. 그런데 이걸 어쩌지? 마침 살인자는 감옥에 있고. 그게 율리시야."

"진범이 그 뒤로 죽었을 수도 있잖아요."

베드로가 반박했다.

"율리시가 잡히고 나자마자?"

말한 한스가 멈춘 듯 베드로를 보았다. 내 인내심이 아무런 인상도 주지 못한 걸까, 하는 낯빛이었다. 이들의 대화에서 한 발짝 뒤로 물러서 있던 마리가 말을 보탰다.

"진범이 입대했을 가능성은요? 전쟁이 일어날 기미가 보여서 온 나라가 징병 중이었잖아요."

"그래서?"

한스가 마리를 쏘아보았다.

"살인을 멈출 수 없는 사람한테 전쟁만 한 곳이 있을까요?"

"이런 아가씨도 율리시교에 빠지셨군."

"됐어요. 비난이 저한테 옮겨 올 거 같군요."

"이봐, 아가씨. 무엇보다 목격자의 증언이 있었어. 그날 여인숙 창문으로 뛰어내린 사람 같은 건 없었다고."

한스가 베드로에게 고개를 돌렸다.

"정당한 물증과 절차에 따라서 여기 계신 판사님의 기계적이고 훈련받은 정당한 판결에 따라 종결 난 사건이야. 자네는 율리시가 지어낸 거짓 참회에 혹하고 넘어가 버렸지만 말이지. 관심이 있으면 진술서를 읽어 봐. 그가 저지른 다른 살인도 실토했으니까. 율리시가 이 마을에 들어온 게 언제였어? 연쇄살인으로 세상이 떠들썩하던 그즈음이야. 이웃 마을 살인 사건 직후와 정확히 시기가 겹친다고."

"결국 이웃 마을 사건으로 몰아가는군요."

베드로가 말했다.

"그럴 만하니까."

"함부로 연관 짓지 마세요."

베드로가 언성을 높였다.

"그리고 율리시가 연쇄살인을 인정한 이유도 설명드렸잖아요. 스스로 잠재적 범죄자들에게 경고가 되고 싶은 겁니다."

"정신 차려! 그게 다 자기 위로라니까!"

한스가 소리쳤다. 슬슬 일어날 거 같은 다툼에서 승기를 잡아 보자고 억지 성을 내는 건 아니었다. 뭔가 치밀어 오르는데 막상 어쩔 줄 몰라 하는 거와 같았다. 그러나 구호만 외치며 시위를 벌이는 건 잘못되어도 한참 잘못된 행실이다. 베드로는 이 무질

서함을 바로잡고 싶었다.

베드로가 말했다.

"실은 기자님도 이웃 마을 살인의 진범을 확신하지 못하고 있죠?"

"뭐?"

"율리시가 이 마을에 들어온 시기와 겹친다는 거 말고 더 알아낸 게 있나요? 그럴싸하다는 이유로 내일 죽을 율리시에게 죄를 추가하려는 게 아닌지 묻는 겁니다. 그런 식으로 특종을 내고 싶으니까. 율리시를 이용해서 그 좋았던 오래전처럼 사람들한테 관심을 얻으려고요."

그들 사이에 감돌던 공기에 살얼음이 끼었다. 베드로는 한스를 필요 이상으로 몰아붙인 건 아닌지 후회했지만, 잠시 뒤에 한스의 얼굴에 번지는 불길한 미소를 눈치챘다.

한스가 말했다.

"이거 취재 내용을 밝히고 싶진 않았는데, 율리시가 그 이웃 마을에서 목수로 지내면서 잠시 머물렀다는 걸 알아냈어. 세월이 흘러서 다들 나이가 들긴 했지만, 그때 상황을 진술해 줄 사람들도 갖춰지고 있고. 다만 당장 사형이 내일이라 시간이 촉박한 거야. 그래서 자네가 들었을지 모를 율리시의 고백이 필요한 거고."

판사가 담배 케이스에서 태울 담배를 고르며 말했다. 셋의 시선이 그에게 쏠렸다.

"베드로, 율리시에게 들은 바가 있나. 이웃 마을 사건에 대해서 말일세."

"없습니다."

베드로가 짧게 답했다.

판사가 이번에는 한스를 찾았다. 거의 전해지지 않을 정도로 낮고 차분한 음색이었지만, 한스의 마음을 크게 휘젓는 힘이 있었다.

"그래, 자네도 한때는 유능한 기자로 인정받을 때가 있었지."

판사가 거꾸로 뒤집은 담배를 손등에 두드렸다.

"지금은 아닙니까?"

한스가 반박했다. 그러자 판사는 베드로와 마리에게 저 친구를 보라는 듯 곁눈질을 하는 제스처를 취하고는 자리에서 일어나 단상을 내려갔다. 물이 흐르듯 자연스럽게 단상을 벗어나는 판사를 셋이 숨을 멈추고 지켜보았다. 판사가 고해소와 장의자 사이를 유유히 지나쳐 성당 입구에 다다랐다. 그가 손끝에 걸치고 있던 담배를 물고 성냥불을 붙였다. 한 모금 그 끝을 빨아들인 다음 입구 손잡이를 잡고 문을 활짝 당겼다. 문 앞에서 서성이던 세찬 비바람이 숲에서 지르는 괴성과 함께 성당 안으로 들어왔다.

"문 좀 닫으세요. 비가 들어오잖아요."

한스가 들리도록 소리쳤다.

"환기를 시켜야겠어. 도통 악취가 나서 말이지."

비바람이 몰고 온 굉음을 피해 판사도 큰 목소리로 말했다.

한스는 지독한 우울증에 걸린 사람처럼 퀭한 눈으로 판사가 비운 텅 빈 의자를 보았다. 판사에게 받은 작은 모욕이 머릿속의 율리시를 몰아내고 대신 그 자리를 차지했다. 한스를 잘 안다고 할 수 없던 베드로는 이제야 분명해진 기분이 들었다. 그는 보이는 그대로인 남자였다. 분한 감정이 들면 어떤 표정을 지어야 하는지 알지 못해서 이마에 주름을 달고 입을 닫고 다시는 원상태로 돌아오지 못할 거처럼 일그러진 표정을 짓는 남자였다. 한스의 중얼거리는 목소리가 테이블의 모두에게 들렸다.

"창녀한테 푹 빠진 주제에."

베드로와 마리가 한 번에 이해하는 반응을 보이지 못하자 이번에는 판사를 쳐다보며 같은 말을 되풀이했다.

"지는 창녀한테 푹 빠졌으면서."

한스가 담장 아래로 몸을 감추듯 테이블에 양팔을 괴고 상체를 납작 숙였다. 그 상태로 치켜올린 두 눈이 마리와 베드로를 번갈아 보았다.

"그 여인숙 여자는 마을에서 알아주는 구멍이었어. 거길 뻔질나게 드나든 게 판사였고. 판사는 아무도 이 사실을 모른다고 생각하겠지만, 웃기지 말라고 해."

마리가 물었다.

"그런 소문이 있던데 사실이었나요?"

기가 막힌다는 듯이 웃음 짓는 한스.

"재판장에서 판사 얼굴을 봤어야 해. 율리시를 철천지원수 대하듯이 노려보더라고. 꼴이 그러니 판결에 사적 감정이 듬뿍 들어가지 않았겠어? 두 번이야. 두 번. 율리시는 한 사람한테 두 번이나 당한 거라고. 망치를 든 판사랑 창녀의 정부인 판사."

"뭘 당했다는 거죠?"

베드로가 물었다.

"자네는 율리시를 지지한다면서 정작 판결이 어떻게 흘러갔는지는 모르고 있고만. 여인숙 건너 집 창문에서 율리시를 봤다던 증인이 진술 내용을 한 번 바꿀 뻔했지. 금방 취소하고 처음 증언을 유지해서 큰 지장은 없었지만, 요는 저 판사가 증인이 중간에 태도를 바꾼걸 문제 삼지 않고 무시했다는 거야. 어지간히 복수를 하고 싶었던 거지."

"증인이 진술을 바꾸려고 했다고요?"

미심쩍음을 감지한 베드로였다.

"정식 법정에서 그랬다는 건 아니야. 증인이 판결 전에 판사실을 찾아갔다고 하더라고. 금방 쫓겨나서 없던 일이 되었지만."

"판사님이 증인의 양심을 거부한 거군요."

"아니, 조금 달라. 그냥 처음부터 듣지 않은 거나 마찬가지니까. 생각해 봐. 증인은 열두 살짜리 꼬마였어. 그런 여자아이가 혼자 판사실을 찾아가서 진술 내용을 바꾸고 싶다고 제대로 의사 표현을 했겠어? 그래도 재판 전에 증인이 판사와 독대를 요청하면 수상한 낌새라도 느꼈어야 했는데 그러지 않았지. 아마 뭔가 알고 그랬을 거야. 저 여우는."

베드로의 귓가로 '기자님은 정말 모르는 게 없으시군요.'라고 말하는 마리의 음성이 들려왔다. 어딘가 모르게 의미심장했지만, 그런 걸 신경 쓸 겨를이 없었다. 베드로는 판사가 들어도 상관없다는 목소리로, 어느 정도 단호함이 묻어나는 목소리로 말했다.

"유죄를 뒤집을 만한 무언가가 있었던 거죠?"

"잡음이야. 재판 결과에 영향을 끼칠 건 아니었어. 그야말로 잡음. 내가 지금 괜한 말을 꺼낸 거야?"

열린 문으로 여전한 바람이 불었다. 판사는 입구와 가까운 장의자에 걸터앉아 생각에 잠겼다. 마리는 묵묵하고 고통스러운 얼굴이었다. 대화가 어느 순간에 멈춰 버렸다. 베드로는 이 침묵이 달갑지 않았다. 한스에게 물어볼 것이 많았다. 그러나 그전에 혼란스러운 감정을 다스릴 필요가 있었다. 오늘 너무 많은 일들이 한꺼번에 쏟아졌다. 험난한 숲길로 접어든 안락한 마차의 승차감을 견뎌야 했고 별러 온 살인에 성공했건만, 곧바로 망자가 보낸 유령들이 그를 찾아왔다. 그 가운데 마리라는, 그게 본명일지조차 의심스러운 여자가 여전히 목줄을 틀어쥐고 있었다. 한스는 들려줘야 할 이야기를 해치웠다는 듯이 팔짱을 채운 고압적인 자세로 테이블과 거리를 두었다. 베드로는 재판 과정이 순탄치 않았다는 걸 아는 한스가 마땅히 율리시를 한쪽으로 치워져야 할 대상, 세상에서 정리되어 없어질 사람으로 치부하는 것에 분노가 일었다. 성당 문이 닫혔다. 괴성이 바람을 타고 물러났다. 판사의 손끝이 장의자를 스치며 단상으로 돌아오고 있었다. 한스가 자세를 제대로 고쳐 잡았다. 한스 역시 판사를 어려워하고 있었다.

마리가 말했다.

"증인이 진술을 바꾸려고 한 게 그저 잡음이라고요?"

그녀가 아직 닫지 않은 입술을 다시 벌렸다.

"잡음은 기자님이 내는 게 아닌가요? 율리시가 이웃 마을 살인을 고백했다고 여기 사제님에게 부탁하면서요."

"그 입 좀 다물어."

한스가 말했다.

"아가씨가 누군지 슬슬 생각나던 참이었으니까."

"그래요. 내가 누굴까요?"

지지 않으려는 마리의 목소리가 심하게 떨렸다. 촛불이 비친 그녀의 창백한 얼굴이 수상쩍은 에너지가 가득 차오르는 어둠 속을 둥실 떠다니는 듯이 보였다. 베드로는 이 둘만이 아는 무언가가 있다고 생각했다. 이때 판사가 단상 계단을 오르며 말했다.

"아가씨한테 말버릇이 고약하고만. 한스."

그가 한스와 베드로의 등을 순차적으로 지나쳤다. 역하지 않을 만큼 풍기는 미세한 담배 냄새. 규율이 엄격한 사관학교의 교감을 연상케 하는 냉정한 눈빛이 한스와 베드로를 긴장시켰다.

의자에 앉은 판사가 한스를 똑바로 보며 말했다.

"한스, 자네는 내가 성당을 환기해 줬는데도 똑같은 상황만 되풀이하고 있군. 그래서 자네가 멍청하다는 거야."

"멍청하다고요? 제가요?"

"내가 자네에게 도통 이해가 가지 않는 건 시간이 부족할 게 뭐가 있냐는 거야."

이렇게 운을 뗀 판사가 다리를 꼬았다. 담배 케이스를 열고 이날 세 번째 담배를 꺼내 불을 붙였다. 그의 가느다란 손끝에 감긴 담배가 한스를 향해 차가운 빛을 냈다.

"내 평생 자네에게 관심을 둬본 적이 없지만, 어쩌면 나도 모르게 한스 자네를 간파하고 있었나 싶네. 기자로서 자부심이 대단

해도 그 자부심을 써먹기에는 자네는 너무 불필요한 의심이 많고 멍청한 대가리를 가지고 있지. 예상이 빗나가면 분한 마음이 들어서 무르익는 진실조차 쉬이 인정하기 힘겨워하겠지. 자존심이 상처받을 게 두려워서 어떻게든 최초의 판단을 이어 나가야 하는, 그래서 이용당할 수밖에 없는 한심한 사람들처럼 머리 위에 쌓아둔 낮은 자존감이 한순간에 쏟아질까 봐 벌벌 떨면서 말이야. 아니, 내 이야기는 아직 끝나지 않았으니까. 마저 경청하게. 자네나 내게 도움이 될 이야기이니. 게다가 나는 자네보다 백배는 똑똑하지 않나.

세상 사람들이 율리시를 자네가 잡아넣었다고 착각하는 것도 무리는 아니지. 자제가 그렇게 조장했으니까. 그렇게 한동안 자네는 유명세를 얻었고 그 뒤로는 별스럽지 않았고 앞으로도 별스럽지 않을 거라는 걸 우리 모두 알지. 그러니까 이러면 어떨까 싶네. 여기 사제님의 진술을 토대로 그 이웃 마을 살인을 율리시가 처형당한 다음에 기사화하는 거 말일세. 죽은 자는 말이 없는데 뭐 어떻겠나. 걱정은 하지 말게나. 사람들은 원하는 것을 믿고 그게 진실이 될 거니까. 그렇게 되면 자네는 자네가 꿈꾸던 반응을 얻겠지. 지칠지 모르는 열정으로 살인마의 프리퀄을 완성한 기자, 가려운 데를 긁어 주는 거짓된 진실의 화신."

대놓은 모욕을 고스란히 받아낸 한스의 얼굴이 감격으로 벅차

올랐다. 그는 미처 예상치 못한 깨달음을 얻어 신이 난 사람처럼 한껏 높인 목소리로 말했다.

"자동적으로 판사님의 지지율도 올라가겠군요."

한스가 판사의 말투를 흉내 내어 그를 칭송했다.

"추잡한 죄인에게 정당한 판결을 한 단호한 율사. 정의로운 시장."

"불필요한 말은 하지 말게 한스, 그건 불필요한 말이야."

판사가 베드로에게 고개를 돌렸다.

"보아하니 우리 베드로 사제님은 죄수에게 감정이입을 한 모양이더군. 물론 동정심은 아름답지. 그 아름다움을 강조하고도 싶겠고. 이해 못 할 바는 아니야. 나도 발렌티노라는 연민을 느끼는 친구가 있어서 잘 알지. 그래, 만약 그 친구가 이 자리에 있다면 지금 내가 하는 말에 힘을 실어 줬을 텐데 무척 아쉽게 됐군.

약자라서 곤경을 겪는다고 세상이 약자를 곤경에 빠트린다는 생각은 버리게. 그러면 지성이라는 안경에 서리가 끼게 마련이니까. 율리시가 죄수라고 세상이 그를 그렇게 만들었거나 입에 재갈을 채운 게 아니라는 말일세. 그가 마땅히 있어야 할 장소에 있듯이 자네의 지성 또한 제자리로 돌아오길 바라네."

판사는 여기까지 말했다. 하지만 판사가 전달하고자 했던 바는 베드로의 머릿속을 비집고 들어와 이야기를 마무리 지었다. 이른바 미제 사건으로 남은 이웃 마을 사건에 관해 율리시가 털어놓았다는 진술을 사주하는 내용이었다.

베드로는 생각했다. 그런 일은 일어나지 않을 것이다. 모순, 비윤리, 양심을 저버린 냉정함. 판사와 한스가 그들의 내면에 숨어 지내는 악인의 면모들을 떼어내어 율리시를 궁지에 몰아넣으려는 걸 아는 이상 순순히 거기에 응해 줄 수 없다고. 베드로는 그에게 쏠린 판사와 한스의 시선을 차례대로 마주했다. 약자에 대한 동정심이나 안타까움을 기대한 자리에 배신과 탐욕, 저열한 음모가 담겨 있었다.

베드로가 말했다.

"율리시의 사후에 그가 저지르지 않은 범행이 추가 되는 일은 없을 겁니다."

거의 동시에 마리의 육성이 터졌다.

"저도요! 제가 오늘 이 자리를 확인한 증인이 되겠어요."

"증인?"

판사의 입가에 의미심장한 미소가 번졌다.

"무엇을 대상화하는 증언이지? 나? 여기 앉은 한스? 우리는 문제가 될 만한 아무런 말도 하지 않았네."

"전 들었어요."

마리가 말했다.

"사제님에게 거짓 증언을 사주하려고 했잖아요."

"내가 그랬던가?"

"그러려고 했죠. 아닌가요?"

마리를 똑바로 바라본 판사가 단조로운 목소리를 내며 태도를 바꾸었다.

"맞아, 아가씨 말이 그렇게 하려고 했지."

"인정하시는 건가요?"

"하지만 거짓 증언을 사주라니 글쎄."

판사의 손이 옆에 앉은 베드로의 손목을 잠시 잡았다 놓았다.

"베드로는 우리의 제보자가 될 걸세. 단순히 제보자가."

"사제님은 넘어가지 않을 거예요."

마리의 눈동자가 불안하게 흔들렸다.

"그러지 않을 거예요."

판사가 말했다.

"베드로, 나는 일이 수월했으면 좋겠어."

베드로는 숨소리만 새어 나오는 마리의 벌어진 입술을 보았다. 그는 '안 돼.'라고 말하는 그 입술에 맹세를 다짐하듯이 이렇게 말했다.

"원하는 대로 되지 않을 겁니다."

판사가 베드로에게 기시감이 느껴지는 미소를 지었다. 발렌티노가 자주 짓던 미소였다. 벌거벗은 등에 올라탄 채 거울을 노려보며 짓던, 인간 위에 군림하는 상황을 즐기는 탐욕과 교만함이 공존하는 자의 미소였다.

판사가 말했다.

"나는 벌써 결과가 보이네."

"저를 설득해서 얻은 결과인가요?"

"정당한 취재를 통해 얻은 결과이지."

판사가 한스에게 말했다.

"그리고 우리는 취재 결과를 알고 있지? 그렇지?"

멈칫한 한스가 곧 그 말뜻을 이해하고 대답했다. 사무적이면서 열정이 가득 담긴 말투였다.

"네, 공식적으로 기사화할 적당한 시기를 조율 중입니다."

"일어날 일은 일어나는 법이네. 베드로."

판사가 준비해 놓은 다음 표정으로 넘어갔다. 부드러운 얼굴이 엄격하고 빈틈을 찾아볼 수 없이 무섭게 변했다.

"사제님이 사건 내막을 알아야 하니까. 설명하게. 한스."

베드로는 듣고 싶지 않았다. 더는 판사와 한스의 입으로 나오는 어떠한 음색도 거부하고 싶었다. 그러나 보이지 않는 밧줄에 손발이 묶인 베드로는 발표에 앞서 목소리를 가다듬는 한스를 지켜봐야 했다.

마을의 이름은 로제였다.

따뜻한 계절에는 시원한 바람이 들판의 초목들을 쓸어내고 추운 계절에는 하얀색 고운 입자가 햇빛을 튕겨내는 사계절이 있으나 없는 거와 같이 단조롭고 평화로운 마을이었다. 사건은 인적 드문 들판 한가운데서 스스로 자라 터를 잡은 것처럼 언제 거기에 있었는지 모를 작은 집 안에서 벌어졌다. 늦은 오후 갑작스러운 한바탕 소동이 일고 창문을 깨트리는 불꽃이 번지더니 지붕까지 붙어간 불길이 집 안에 갇힌 사람들을 소각했다. 다음 날이 밝아 저 혼자 불이 꺼졌을 땐, 한 구의 성인 남성 사체와 두 구의 성인 여성의 사체가 익어 버린 곤충의 알처럼 그 자리에 남았다.

여기까지 들은 베드로는 힘이 빠져나간 무릎을 다스리며 조심스럽게 자리에서 일어났다. 겨우 단상을 디딘 그의 모든 피가 발바닥 아래에 몰렸다. 그 위는 흔들리고 있었다. 그는 단상을 내려와 그의 방을 찾았다. 등 뒤에서 문이 닫혔다. 하얀색 시트가 깔린 침대에 엉덩이를 받히고 앉았다. 성냥이 꺼지고 촛불이 방 안에 빛을 밝혔다. 무릎 위에 올린 손을 보았다. 의미 없이 손가락을 세어보다가 기가 차서 눈물이 흘렀다. 베드로는 미신을 믿는 사람으로서 온종일 반복되는 어긋남에 의미를 두지 않을 수 없었다. 율리시를 만나러 가던 길에 마차를 되돌렸던 판단을 후회했다. 그를 만나 대화를 나누고 독버섯이 가득한 숲을 무시하고 성당으로 돌아와 발렌티노의 성욕을 위로하고 손님들을 받았어야 했다. 그랬더라면, 그런 식으로 일상적인 하루를 보냈더라면 열 살 무렵 고향에서 저지른 살인이 다시 꺼내지지 않았을 텐데. 그러나 이제 와서 지난 하루를 되돌아보는 건 보잘것없는 희망이고, 현실의 빛을 비추면 힘없이 녹아내릴 망상이었다.

베드로는 기억이라는 불안전한 조정기를 붙잡고 어머니와 살던 로제 마을의 열 살 무렵으로 돌아갔다. 학교를 마치고 집으로 돌아온 어린 아들을 맞이하던 어머니의 미소, 그 미소를 살핀 그가 덩달아 짓던 웃음, 빛이 감싼 그녀의 갈색 머리카락. 언제나 어머니가 저보다 강한 부류의 사람이었다는 기억. 아버지는 쉽게 죽지 않는 어머니를 독한 년이라고 했다. 잘 들리는 욕설로 비난으로 아버지는 매일 천장만 바라보며 거친 숨을 쉬는 어머니를 저주했다.

심상의 영사기가 멈추었다. 거친 산을 타고 내려오는 무거운 바람에 쓸려 신음하듯 눈꺼풀이 떨렸다. 감은 두 눈의 안쪽에서 비현실적인 슬픔이 느껴졌다. 베드로는 곁에 없는 어머니에게 고개를 숙이고 눈물이 자아내는 그늘에 젖은 채 제발 누군가 행복한 삶이라고 말해 줬으면, 하고 절규했다. 얼음장이 되어 버린 심장, 신을 사랑하지 못하는 마음, 두 번째 살인. 제발 누군가 현실감각이 사라진 이런 삶도 나쁘지 않다고 말해 줬으면.

어느 날, 어머니가 죽었다. 긴 투병 생활이었다. 베드로는 부고를 전하러 아버지의 방문을 열었다. 새살림을 차린 여자와 정신없이 그 짓이 벌어지고 있었다. 부엌에서 가져온 칼에 아버지의 피가 묻었다. 베드로는 그날 집을 떠났다. 집을 태우고 들판으로 번진 불길이 사라지는 그를 따랐다. 베드로는 새까만 밤을 걸어 발렌티노의 품에 안겼다.

베드로가 흐르는 눈물을 손날로 닦아냈다. 저도 모르게 흘러서 어쩌지 못하는 눈물이었다. 그는 지금 겪는 혼란이 고통으로 확대될까 봐 조심스러웠다. 마음을 단단히 먹어야 했고, 이 복잡한 감정에 익숙해지기까지 내면에서 일어나는 많은 변화를 지켜봐야 한다는 사실을 알았다. 침대 머리맡에 켜진 촛불이 달라진 그의 눈동자를 살폈다. 눈물이 벗겨진 그의 눈빛은 어느 때보다 신중하고 강인했다. 베드로는 발렌티노를 살해한 이유를 알 거 같았다. 예정된 타락, 이른바 운명이 살인의 동기였다. 로제를 거쳐 온 율리시의 과거 행적과 친부 살인이 접점을 이루자 내린 결론이었다. 두 번의 살인을 실행에 옮기면서 어느 감정 어떤 대담함은 마치 다른 차원의 존재가 개입한 것 같은, 그것이 무의식이 발휘한 솜씨인지 악마의 소행인지 미심쩍은 경험을 하곤 했는데 이제야 그 존재를 추적해 낸 기분이었다.

베드로는 마음이 편해지는 걸 느꼈다. 줄곧 긴장 상태였던 어깨와 목에서 불필요한 힘이 빠져나가는 것 같았다. 인생의 개별적인 여러 사건을 하나의 실로 엮어 묶는 힘이 존재한다면 살인도 너그러워질 수 있는 어떤 것이었다. 친부와 발렌티노의 죽음에서 파생되는 다른 작용은 그 의미가 미미한 어렴풋한 것에 불과했다. 세상의 정의? 베드로는 발렌티노와 친부가 사라진 세상을 떠올렸다. 아니 벌써 그런 세상이다. 악인은 숨을 거뒀고 평화는 어딘가에서 시작되고 있을 것이다. 자유는 글쎄 잘 모르겠다. 교수대 밑에 있을까. 뙤약볕 아래에 모인 관중들에게 유언 대신 두 남자의 죄악을 폭로하는 자신이 보였다. 그의 결단에 찬사를 보내는 세상 사람들. 마땅히 해야 할 일을 해낸 그에게 연민의 그림자가 무섭게 일어선다. 이런 그림을 바랐던 건 아닌데 그는 상상 속에서 자신의 운명을 위로하는 가장 좋은 장면을 그리고 있었다.

*

베드로가 장의자에 앉았다. 그가 자리를 비운 동안 매섭던 바람이 느슨해지고 창문을 두드리는 비가 가벼워져 있었다. 성당을 채운 습한 공기가 단상을 물들이고 있었다. 미사 테이블에서 멍한 빛을 내는 촛불이 더는 주변을 밝히는 친숙한 빛이 아니라 부족한 산소를 갉아 먹는 허파로 변한 것 같았다. 셋의 대화가 멀리서 들려오는 기차 소리로 여겨지고 손짓과 발짓을 동원하는 한스의 모습이 차창 밖 풍경의 의미 없는 연속처럼 느껴졌다.

"끔찍하지 않아? 일가족을 몰살한 거야. 성인 여자 두 명에 남자 한 명이었어. 같은 방에서 발견된 남자와 여자의 목에는 칼에 찔린 자국이 있었지. 화재는 위장이나 다름없고 직접적인 사인은 그거였어."

한스의 얼굴이 진지했지만, 오래 가지 않았다.

"이상한 건 아이의 시체만큼은 발견되지 않았다는 거야."

"아이요?"

마리가 물었다.

"그 집에 열 살짜리 아들이 있었다는 증언이 확보됐거든."

"그게 율리시인가요?"

"나이가 달라. 율리시는 그때 스무 살 청년이었어."

"아들이 있었다는 증언이 확보됐다고요?"

무겁게 앉아 있던 베드로가 한스에게 질문했다. 둘의 거리가 멀었지만, 목소리에 높낮이는 변화가 없었다. 한스가 그렇다는 의미로 고개를 끄덕였다. 베드로는 희미하지만, 불안한 반응을 보였다. 머리카락을 쓸어 올렸고 그 손이 이마를 짚었다. 눈을 훑고 입 전체를 가리고, 얼굴에 담긴 모든 곳을 거치고 나자 이제 어디에 손을 두어야 할지 머뭇거렸다.

베드로가 다시 물었다.

"율리시가 아이를 납치했을까요?"

"그 가능성도 취재 중이니까. 밝혀지겠지."

"밝힐 수 있나요?"

"밝혀야지."

"율리시가 죽고 나서요?"

"처형식이 당장 내일이니까. 당연히 그렇겠지?"

"오래된 사건이라 불가능할 듯싶은데요."

"자네가 도움을 주면 되잖아. 율리시에게 직접 진술을 받아낸 사제로서."

"저는 들은 바가 없어요."

"대중이 원하는 건 정의가 아니라 심판이야."

베드로는 안정적인 모습을 유지한다고 믿고 있었지만, 그는 균질한 태도를 보이는데 소질이 없었다. 예상 밖으로 진행된 한스의 취재와 그 열정 때문에 베드로는 낙관과 비관, 이 두 가지 양극단의 감정만으로 균형을 맞춰야 했다. 감정을 억누르는 그의 마음이 한순간의 폭발을 걱정하며 부글부글 끓느라 '이번에도 중인을 만들어 낼 건가요?'라고 한스를 질타하는 마리의 음성을 놓칠 뻔했다.

판사가 마리에게 물었다.

"증인을 만들어 낸다는 게 무슨 소리지?"

결심이 선 마리가 말했다.

"그 여인숙 증인이 우리 언니였어요."

한스가 느슨한 시선으로 그녀에게 보았지만, 그가 본능적인 위협을 느끼는 걸 판사는 알았다. 판사가 한스에게 고개를 돌렸다.

"자네 증인을 매수했나?"

마리가 대신 답했다.

"매수가 필요했을까요? 우리 언니한테요?"

고통스러운 미소를 짓는 마리.

"언니는 관심받길 좋아했어요. 사람들이 무언가를 물어오면 어떤 말이든 꺼낼 준비가 되어 있었죠. 같은 이유로 제게 잘못을 털어놨고요."

"같은 이유라면?"

판사가 물었다.

"단순히 질문을 받은 거죠. 세상에서 오직 언니만이 진실을 밝힐 수 있다고 묻는, 사람을 영웅으로 떠받드는 질문을요."

"위증했다는 이실직고였나?"

"네."

한스가 끼어들었다.

"판사님도 어렴풋이 기억나실 일이에요. 기억이 나면 대수롭지 않게 넘기실 거고요."

"가만히 있게. 지금 자네한테 그나마 이로운 건 매수를 하지 않았다는 기대이니까. 아가씨 계속하지."

마리가 이었다.

"우리 집은 여인숙 건너편에 있었어요. 그때나 지금이나 이성에 관심이 많은 언니는 밤마다 남자들이 드나드는 2층을 훔쳐보는 못된 버릇이 있었죠. 한 손에 토끼 인형을 들고요. 갑자기 부모님이 방문을 열고 들어오면 인형을 돌본 척 순수성을 연기해야 했으니까요. 그날도 그랬죠. 처음에는 여주인의 비명이 창문으로 훔쳐보던 게 들켜서 지른 소리인 줄 알았대요. 언니는 곧장 창틀 아래로 숨었지만, 분명히 봤죠. 한 남자가 2층 창문에서 밑으로 떨어지는 장면을요."

"율리시의 진술 내용과 일치하군."

판사가 신경질적으로 포도주를 만졌다.

"언니는 왜 거짓 증언을 한 거지?"

"여러 가지 이유가 있었죠. 도망간 남자가 진범이라는 확신이 없었고, 또 그 남자가 해코지하러 올 게 무서웠고요. 그리고 말한 대로예요. 사람들의 관심을 얻는 게 황홀했던 거죠."

"황홀했다?"

"기자들을 통해 입에서 나온 말들이 지면에 오르고, 정복과 예의를 갖춘 수사관들이 관과 서로 나중에는 재판장까지 자기를 모시러 왔으니까요. 무엇보다 사건의 핵심이 된 것을 탐닉했어요."

"열두 살 언니가 그런 표현을 써? 탐닉했다고?"

마리는 주장을 평가절하시키려는 한스의 의도를 알았다.

"고백을 들은 건 한 달 전이었어요. 어디를 봐도 결혼식을 앞둔 신부의 얼굴이 아니었죠. 율리시의 처형으로 세상이 이렇게나 들떴는데 그때 한 역할 했던 자기 결혼식을 다뤄 주는 신문사 하나 없다면서 짜증을 부렸어요. 그래서 결혼식을 조금 앞당기거나 뒤로 미뤄야 할지 고민이라고 저에게 토로했어요."

판사가 말했다.

"설마 결혼식이 신문에 나가길 기대한 건가."

마리는 울먹이지 않았지만, 얼굴은 거의 그랬다. 가족에 대한 실망감과 죄책감 그리고 우연한 기회에 이르러서야 용기를 내는 자신에 대한 혐오가 어우러져 있었다.

"전 고해성사를 하고 이 마을을 떠나려고 했어요. 이제 이 마을은 지긋지긋해요. 다시는 돌아오고 싶은 마음이 없어요. 대신 그 전에 성당에 들러서 담아둔 말을 쏟아내고 떠나면 후련하겠다 싶었죠."

"고해는 무슨 소문을 내고 싶어서겠지."

한스가 말했다. 마리에게 지닌 적대감이 낯설게 느껴질 만큼
밝고 가는 목소리였다.

"아가씨도 발렌티노 신부를 알지?"

"알기야, 알죠."

"소문난 떠버리 신부 발렌티노. 이상한 일이야. 누구라도 이
성당에서 고해하고 나면 일주일은 마을이 즐거워지거든. 흥미롭
지 않아? 나라면 의심을 해 볼 만도 한데 사람들은 고해소에 줄
을 선단 말이지. 나는 말이야. 예전에는 고해소가 신과 대화를
나누는 전화부스라고 생각했어. 어쩌면 그럴 수도 있겠지. 그래
도 여기는 아니야. 사람들의 배설구라고. 비열한 가십거리를 쏟
아내는 배설구……. 잠깐 그러고 보니까 무슨 썩은 내가 나는 거
같지 않아? 베드로."

한스가 고해소 부근에 앉아 있는 베드로를 불렀다.

"그쯤에서 냄새 안 나냐고?"

"비가 그쳐서 그렇겠죠."

베드로가 대답했다.

"비가 그치면 이런 고약한 냄새가 나나."

숲으로 둘러싸인 성당은 비가 오면 쉽게 눅눅해진다. 예상보
다 빨리 사후 부패가 진행될 가능성이 있다는 말이기도 하다. 그
렇지만 이완된 사체의 배설물이 파자마를 축축하게 만들었다고

믿는 편이 합리적이었다. 베드로는 고해소 근처에 있느라 주의를 끌기보단 단상으로 돌아가는 편이 낫다고 판단했다. 장의자에서 일어나 성당 문을 활짝 열었다. 실망스럽게도 밋밋한 바람이 들어왔다. 한 차례 환기를 위해 차라리 광풍이 불고 번개가하늘을 구타하길 바랐지만, 잔잔한 빗물이 숲을 적실 뿐 그 정도는 아니었다. 베드로는 문을 열어 두고 단상으로 걸음을 옮겼다. 한스는 미사 테이블로 돌아온 베드로가 자리에 앉자마자 그쪽으로 몸을 기울여 저 여자를 보라는 듯 손가락으로 마리를 가리켰다.

"저 여자는 언니를 해코지하러 여길 온 거야. 물어보면 또 아니라고 하겠지. 그래도 분명해. 다들 알다시피 내 눈은 정확하거든. 마을을 떠나는 김에 떠버리 신부를 이용해서 언니가 거짓 중언을 했다는 소문을 퍼트리려고 했던 거야. 그러는 이유야 빤하지. 언니에 대한 질투심밖에 더 있겠어?"

한스는 마리의 얼굴에서 드러나는 모멸감과 경멸의 감정을 개의치 않았다.

"아까부터 당신 언니처럼 생기긴 했는데, 이 못생긴 여자는 누구일까, 하고 계속 생각하고 있었지. 곰곰이 생각해 보니까 어느 순간 알겠더라고. 당신이 그 유명 인사의 여동생이라는 걸. 언니가 지난주에 여기서 결혼식을 올렸지? 난 참석하지 않았지만, 이 작은 마을에서 누가 결혼하면 다 알게 되지. 자네도 기억날 거야. 베드로. 저번 주 어느 미인의 결혼식을 말이야."

그녀가 마리의 언니였다니 베드로는 내심 놀랐지만, 자세히 보면 둘의 외모를 연결 짓지 못할 것도 아니었다. 언니의 눈코 입을 늘이고 줄인 형태가 여동생의 얼굴 속에 고스란히 담겨 있었다. 베드로는 한스가 언급하기 전까진 그날 결혼식에서 보았던 마리의 존재를 까마득히 잊고 있었다. 그는 사제로서 바빴기에 결혼식의 세세한 풍경을 담아 둘 여력이 없었다. 하지만 생각지도 않던 미스터리 하나가 풀리는 바람에 그는 그날을 떠올릴 수 있었다. 발렌티노의 주례사가 끝이 나고, 껑충 키가 큰 젊은 신랑이 신부의 손을 잡고 입장한 길을 따라 밖으로 걸어 나갔다. 신랑과 신부의 걸음에 맞춰 장의자를 가득 메운 하객들도 하나둘 모두 일어나 그들을 따라나섰다. 성당 밖으로 쏟아진 하객들의 무리를 나무랄 데 없는 햇빛이 반겼다.

베드로는 그곳에서 마리를 보았다. 그녀는 화창한 날씨보다 화사한 옷을 입었고 그녀보다 자유로운 바람에 어쩔지 몰라 하며 입구 주변을 서성이고 있었다. 그녀를 따라나선 성당의 먼지들이 마중 나온 햇빛에 반짝이며 가라앉을 때조차 그녀는 별다른 창조적인 움직임을 보이지 않았다. 그녀는 갈 곳이 없어 보였다. 그 순간 그녀에게 들던 동정심, 누군가를 안아 주고 싶은 마음이 안타까움을 드러냈다. 베드로가 마리에게 다가가 인사를 건넸다. 그러나 그녀는 의례적인 인사말이 끝나자 담담한 미소만 지었고, 그가 같은 질문이 돌아오길 기대하는 마음으로 그녀에게 세밀한 안부를 물어도 심심한 대답을 들려줬으며 적당한 침묵이 흐른 후에도 내밀한 대화를 잇지 않았다. '보나 마나 언니를 질투해 왔겠지.' 마리를 비난하는 한스의 음성이 들려왔다. 맞는 말일 수 있었다. 언니에게는 사랑하는 남자가 생겼으니까. 먼저 마을과 가족 곁을 떠날 수 있게 되었으니까. 그녀는 너무 지체돼 버린 자신을 깨달았다. 그래서 결심했고 햇빛이 좋은 날에 집을 나서야 했지만, 마지막 남은 이삿짐을 챙기러 온 언니와 마찰을 겪은 바람에 서두르게 된 것이다. 그런데 비가 오기 시작했다.

인상을 잔뜩 찌푸린 한스가 말했다.

"아무튼 이거 웃기게 됐어. 율리시의 처형과 관련한 인물들이 여기 모두 모였으니깐 말이야. 증인의 가족, 담당 기자, 판사, 사제. 이건 뭐 사형집행인만 있으면 되겠어. 결정론이네 뭐네 하는 거 이제부터는 안 믿지만 믿어야겠다고."

한스의 손가락이 포도주를 가리켰다.

"판사님, 이젠 뚜껑을 따시죠?"

판사가 대답 대신 포도주를 자기 쪽으로 끌어당겼다.

134

한스가 말했다.

"제가 아니라 여기 얼굴이 붉어진 여자를 위한 겁니다. 최고급 포도주가 한 잔 들어가면 묵혀 왔던 질투심을 술술 불 텐데요."

판사가 받아쳤다.

"오늘 자네 취재 방식을 모두 보는군. 겁박하고 달래면서."

신경의 반이 잠들어 있고 나머지 반은 현실에서 조난자 신세나 다름없던 베드로의 눈에 불만이 가득한 한스의 얼굴이 느리게 보였다. 이어서 마리의 입술이 움직였다. 앙다문 그녀의 반듯한 입꼬리가 슬픔에 주저앉혀지지 않으려 노력하는 것처럼 보였다. 그녀가 한스에게 말했다.

"당신은 그때 얼굴하고 똑같아요. 달라진 게 없어요. 율리시가 수감된 얼마 뒤에 언니와 내가 신문사로 찾아갔던 날하고요."

"한스를 찾아갔었다고?"

"네, 판사님. 우리 자매를 도울 수 있는 사람이라고 생각했거든요. 율리시를 잡아넣은 신문기자라고 이름을 날렸으니까요."

한스가 마리의 눈을 피하며 말했다.

"글쎄, 그랬던가. 판결이 나고 언니를 봤던 건 같기는 해. 아가씨는 글쎄 잘 모르겠지만."

"그러면 내 얼굴은 어떻게 떠올랐죠? 언니 결혼식에도 오지 않았으면서."

"아무래도 자매니까. 언니 얼굴이······."

한스가 느끼기에도 궁색함이 묻어나는 변명이었다. 그러나 마리는 그를 더욱 몰아붙일 수 있는 기회에서 스스로 물러나고 있었다. 그녀의 얼굴이 어딘가 사고를 겪는 사람처럼 불안해지더니 곰곰이 생각에 잠기고 깨어나길 반복했다. 이윽고 그녀가 입을 열었다.

"언니한테도 잠시나마 힘들었던 시기가 있었어요. 관심이 집중되면서 정신적으로 불안해지기 시작한 거죠. 언니는 통증을 느끼면 금방 무기력해지는 사람이니까 기댈 누군가를 구하기 시작했고 그렇게 찾은 게 동생인 저였어요. 그런 언니가 수상해 보여도 그때는 허위 진술에 관해 알지 못했죠. 율리시를 담당했던 당신을 함께 찾아가자고 언니가 말했어요. 그 부탁을 하고 싶어서 언니가 내게 기댄 거였으니까요."

"그래서 하고 싶은 이야기가 뭐야?"

"내가 하려는 말은 이거예요. 신문사에 간 그날 당신이 우리 자매에게 어떻게 나왔는지요. 내가 계속할까요?"

"판사님, 저 헛소리를 들으니까 한잔하지 않으면 도저히 안 되겠는걸요."

어물쩍 분위기를 바꿔 보려던 한스는 판사의 호응을 얻지 못했다. 판사는 당시 재판을 판결한 판사로서 마리의 이야기에 흥미를 느낀다고 고백했고, 마저 듣고 싶다고 힘주어 말했다. 미사 테이블이 원고와 피고가 모인 작은 재판장 같다는 말도 덧붙였다.

"아가씨가 문잖아. 자네가 답변할 생각이 없으면 마무리할 기회라도 주라고."

"판사님, 이건 보복 행위입니다. 언니를 질투한다니까 정곡이 찔려서 저러는 거라고요."

"그런 건 내가 상관할 바가 아니야."

이렇게 말한 판사가 마리를 보았다.

"마저 이야기하게. 아가씨."

고개를 끄덕이는 마리.

"그땐 열 살 정도라 오고 가는 대화를 이해하지 못했지만, 당신 사무실에서 언니가 읍소한 걸 기억해요. 어린아이의 못된 장난 같은 거였다면서요. 재판이 다시 열리면 이번에는 꼭 정직한 말만 하겠다고. 그러니까 한스 당신이……."

"윽박지르던가?"

판사가 물었다.

"네, 어디서도 같은 소리를 하고 다니면 위증죄로 감옥에 집어넣겠다고 했어요. 처음 들어보는 생소한 단어였지만, 우리는 본능적으로 알았죠. 그 무서움을."

쿵음과 함께 한스의 의자가 벌러덩 뒤로 자빠졌다. 한스가 마리에게 달려들어 그녀를 때리려고 시늉했다. 주먹에 잔뜩 힘이 들어가 있었다. 저지에 나선 건 판사였다. 차분한 어조로 그의 이름을 두 번에 걸쳐 부르며 진정하라고 말했다. 마리를 힘껏 노려보던 한스가 판사 앞에 놓인 포도주를 낚아채며 말했다.

"당장 한 모금 하지 않으면 죽을 거 같습니다. 판사님."

코르크 마개가 뜯어지기 직전이었다. 판사가 일어나 한스의 손에 들린 포도주를 다급하게 쥐었다. 흥분한 한스가 병과 마개를 동시에 움켜쥔 판사의 손을 뜯어내려 했지만, 판사가 지지 않아서 둘은 씨름을 벌였다. 나이 차가 큰 젊은 한스가 제대로 힘을 쓰지 못했다. 판사에게 몰리던 한스가 소리쳤다.

"뭔가가 있고만."

그 무언가라는 게 초인적인 힘을 뜻하는 거라면 그랬다. 포도주의 주도권이 점점 판사 쪽으로 옮겨지더니 한순간에 결판이 났다. 포도주를 되찾은 판사가 남은 인생의 힘을 몽땅 소진한 사람처럼 거칠게 숨을 몰아쉬었다. 한스 역시 호흡을 제대로 고르지 못했지만, 이 말만은 해야겠단 듯이 가까스로 입을 열었다.

"뭔가가 있어."

제자리로 돌아간 한스가 의자를 세우고 앉아 남은 호흡을 골랐다. 점차 안정돼 가는 숨소리와 달리 입술이 붉기를 되찾는 데는 시간이 걸렸다. 판사는 선 채로 자리에 앉지 않았다. 허공 어딘가를 바라보며 얼굴 경련이 가라앉길 기다렸고 이내 뱉으려던 침을 삼키더니 천천히 몸을 움직이기 시작했다.

판사가 말했다.

"이 나이가 되면 말이야. 거의 모든 면에서 늙었다는 걸 실감하게 되네. 의심스러우면 다들 제자리에서 일어나서 여기 테이블 주변을 한 바퀴 돌고 원래 자리에 앉아 보게. 이렇게 말이지. 이런 식으로 걷는 속도를 측정하는 거야."

판사가 포도주를 쥔 채 베드로의 등을 지나쳤다.

"돌아오는 속도가 예전 같지 않다는 판단이 들면 슬슬 노화를 막을 때가 왔다는 뜻이지. 노화를 늦추려고 내가 찾은 방식은 새로운 것을 시도해 보는 거였네. 전에 도전해 보지 못한 일들. 새 기술을 익히는 것도 도움이 되지. 자신한테 도움이 되는 어떤 것이든 해 보게. 새롭기만 하면 되니까."

그는 테이블을 둥글게 걸었다. 모두의 등 뒤를 차례대로 옮겨 가며 그때마다 필요한 말을 꺼냈다.

"한스 군, 자네는 윤리 공부를 시작하게. 기대는 안 하지만 뭐든 지금보단 나을 걸세. 아가씨는 신앙을 가져보고. 진정한 신앙은 자유로움을 선사하지."

판사가 앉아 있던 빈 의자에 다다랐다. 그는 의자 등받이 잡고 서서 한동안 말이 없다가 가까스로 입술을 열었다.

•

"내 친구 발렌티노에게 해 줄 말은 없군."

판사가 베드로의 등 뒤로 다가가 섰다. 목덜미부터 설명하기 힘든 먹먹함이 느껴졌다. 그가 말했다.

"나는 시장이 되어 보는 거네. 그것 말고는 내 졸아드는 뇌를 자극하는 게 없거든. 오늘처럼 특별한 밤이 아니면 말이야."

모두를 대하는 판사의 음성이 놀라울 정도로 부드러웠다.

"벌써 금요일이 다 되어 가고 있고만, 여기 저녁 불빛이 켜진 각자의 집으로 돌아갈 사람이 있나?"

"돌아갈 곳이 없네요. 첫 기차가 다닐 아침까지 이곳에 있어도 상관없어요."

마리가 말했다.

"저는 돌아가겠습니다. 집에 있는 아무 술이라도 마셔야겠어요."

"아니야. 한스, 자네는 잠시 남아야 하네. 늙고 지친 내가 무슨 수로 혼자 돌아가겠나."

베드로의 등 뒤가 가벼워졌다. 판사가 단상을 떠나고 있었다.

"생각해 보니까. 하나 있는 친구가 신부인데 고해성사를 해 본 적이 없군."

베드로의 심장이 무겁게 가라앉았다. 고해소가 성당의 중력을 책임지는 것 같았다. 판사가 내려가는 계단을 밟았다. 베드로는 이 순간 신이 행한 일을 관찰하는 직책을 맡은 사람처럼 조금씩 멀어지는 그를 놓치지 않고 바라보았다. 처마에 쌓인 빗물이 한 방울씩 떨어지는 소리가 들렸다. 이 경음악은 점차 절묘한 리듬을 타기 시작해 고해소를 향하는 판사의 걸음과 합을 맞추었다. 마지막 걸음이 멈추었을 때 판사는 고해소 앞에 서 있었다. 그가 정장 조끼에 걸린 회중시계를 꺼내 시간을 확인했다. 그리고 초침처럼 정확한 간격으로 말했다.

"사제님."

"네?"

잠겨 있던 목소리가 쉿소리를 내었다.

"고해자는 여기 왼쪽 문이던가요?"

베드로의 심장이 잠시 멈췄다. 다시 피가 돌 때까지 영원한 시간이 걸릴 거 같았다. 그는 의자에 달라붙어 족히 열 시간은 고정된 듯한 척추와 등 근육의 불편함을 감지하면서 차갑게 깔린 달빛과 조응을 이룬 판사의 모습을 바라보았다. 판사가 손에 들린 포도주를 고해소와 가까운 장의자에 올렸다. 베드로는 그사이 마리의 반응을 살필 수 있었다. 그녀가 모든 불행의 시작점이었다. 오늘 밤 그녀가 나타나지 않았다면 어떤 변명을 대서든 성당에서 이들을 몰아냈을 베드로였다. 다행이기도 하지. 때맞춰 지원군이 등장해 줬으니. 베드로는 두 남자의 등장으로 마리의 태도가 바뀌었다고 생각했다. 그 망할 놈의 담배 냄새가 성당 안으로 흘러들어오기 전까지 이 여자는 분명히 겁을 집어먹은 얼굴이었어. 잔뜩 경직돼서는 내게서 도망갈 수단만 찾던 촌스럽고 가슴이 납작한 여자.

그러나 마리의 시선은 고해소에 있지 않았다. 증오가 가득한 눈빛으로 한스의 옆얼굴을 응시하고 있었고, 한스는 장의자에 올려진 포도주에 정신이 팔려 있었다.

베드로가 마리에게 물었다.

"어느 쪽 문인지 아세요?"

"왼쪽, 아니 오른쪽이던가요."

마리가 고해소로 곁눈질을 보냈다. 고해소에 닿은 그녀의 눈빛이 공허했다. 마치 들었는데 잊어버린 누군가의 이름을 떠올리려는 듯했다. 그래서 베드로는 그녀가 목격한 바는 처음부터 없었다고 생각했다. 그녀에게 왼쪽이 고해자를 위한 문이라고 알려 줬다. 마리가 그런 거였냐며 입술을 움직였다. 그렇지만 눈은 관심 없는 대화를 억지로 이어 나가는 사람처럼 의미 없이 끔뻑였다. 마치 입술과 눈이 따로 맡은 역할을 동시에 수행하는 기계 같았다. 의미 없는 소강상태가 이어졌다. 베드로는 조울증의 다음 단계를 밟은 사람처럼 손쉽게 무기력해지고 있었다. 그가 어렴풋한 미소를 띠었다. 인생의 골격을 이루는 다양한 사건들이 제 순서에 맞춰 찾아온다면 모든 이들이 행복할 텐데, 불행히도 오늘 밤은 순서를 잃고 난입한 사건들로 복잡해졌다고.

"기다리고 있겠네. 사제님."

판사가 고해소 안으로 들어갔다.

위기감, 두려움, 차원이 왜곡된 비현실성. 차가워진 베드로의 심장을 객관화할 수 있는 표현은 얼마든지 있었다. 자리에서 일어나려 했던 베드로는 의자 밑에서 작은 소용돌이가 일어나 다시 주저앉았다. 경직된 하반신은 발가락만 움직였다. 그의 눈가로 복도에서 기어 나오는 벌레가 보였다. 숲이라서 그랬다. 죽여도 죽여도 끝이 없었다. 화가 났다. 그는 마땅히 자신을 두려워해야 할 것들이 꼭꼭 숨어 모습을 드러내지 않길 바랐다. 저 벌레나 낡은 헛간의 쥐 같은 것들이 그랬다.

베드로가 생각했다. '율리시의 처형은 우연이 배제된 거의 모든 이기적인 형태의 조합물이다. 달리 말해 운명이 개입한 죽음이지. 그러니 나도 그처럼 기도를 올리지 않을 테다. 절실한 기도 가운데 잡념이 들려주는 음성도, 제멋대로 날뛰는 이미지들도 이제는 상대하기가 지쳤다. 나는 죽겠지. 형벌에 처해 죽을 것이다.' 사형수들은 결국 불에 태워진다. 베드로는 자신이 불타는 장면을 상상하면서 조금 자유로움을 느꼈다. 그러자 판사와 고해소 안에서 벌어질 일들이 가벼운 일상처럼 그려졌다. 고해소 안으로 들어간 베드로가 조심스럽게 자리에 앉는다. 생각보다 담담하다. 격자무늬 칸막이 너머에서 판사가 울고 있다. 아마도 그럴 것이다. 오랜 친구의 죽음을 목도 한 그가 눈물을 흘린다.

베드로는 변명도 저항도 하지 않기로 마음먹었다. 법정에 올라서서 그가 위로해 온 죄수들과 비슷한 결론이 난데도 저항하지 않을 생각이었다. 그는 이날 지쳤고 스스로 구경거리였다.

*

고해소 안으로 베드로가 들어와 앉았다. 격자무늬 칸막이 너머에 판사가 서 있었다. 키가 큰 그가 부정하게 내린 목으로 턱 아래에 놓인 발렌티노를 보고 있었다.

"좁군."

판사가 말했다.

"이 친구나 나한테나 좁아."

종이가 부스럭거리는 소리가 들렸다.

"자네를 기다리면서 유서를 읽고 있었네. 준비를 착실히 했더군. 내용이 나쁘지 않아. 발렌티노가 쓴 것보다 나았을 거야.

발렌티노가 이렇게 된 이유는 묻지 않겠네. 여러 가지 사정이 있었겠지. 보이나, 존경받던 자가 존경받지 못할 자세로 죽어 있군. 꼭 자위하다가 죽은 사람 같아. 내가 그려 본 모습 그대로야.

사인은 독살이군. 증거를 남겼지만, 방식은 옳았어. 이 몸을 천장에 매달 순 없으니까. 그렇다고 성당에 불을 지를 수도. 그러면 자네한테만 손해니까. 말해 보게. 성당을 차지해서 신부가 될 계획이었나. 오해는 말게. 살해 이유를 묻는 게 아니니까. 다음 계획을 묻는 거지. 됐네, 내가 말이 많군. 자네는 대답이 없고.

발렌티노 이 친구가 책을 읽기 시작한다고 했을 때 나는 정말이지 놀랐네. 책을 읽어서가 아니라 집에 책이 있다는 사실이 놀라웠지. 나중에야 그게 성경책인 걸 알았네. 그런데 이런 대가를 얻게 됐군.

발렌티노는 말이 많았네. 신을 닮기에는 말이 너무 많았어. 나는 그 점이 마음에 들지 않았네. 반대로 이 친구는 내가 듣지 않는다고 지적했지. 누구의 말도 듣지 않는다고. 경청이 꼭 식자층의 소관인 것처럼 말이야.

그건 그렇고 자네 뭐 들은 게 있나. 아침 일찍 내가 돌아가고 발렌티노에게 들은 이야기가 있는지 궁금하네. 자네도 알다시피 새벽까지 과음했지. 그 바람에 실언을 한 가지 했는데 발렌티노가 알아서 좋을 게 없는 실언이었네. 자네 혹시 들은 게 있나."

판사가 발렌티노를 내려보며 중얼거렸다.

"했다고 해 주게. 했다고."

베드로가 말했다.

"판사님이 여인숙 여자와 내통하는 관계라고 하셨습니다."

"다른 내용이 더 있었을 거야."

"여주인을 사랑했다고 하셨습니다."

"고맙네. 그 말이 듣고 싶었어."

"혹시 이유를 여쭤봐도 될까요?"

"사랑한 이유를?"

"제게 화를 내지 않는 이유를요."

"이 친구는 말이 많았어. 그리고 어떤 사랑은 수치심을 주지."

"저는 어째서 화를 내지 않으시는지 여쭈었습니다."

판사가 입을 꾹 닫았다. 그의 호흡마다 참기 힘든 적막이 따라붙었다. 그가 스스로 만든 침묵을 한마디씩 깨어 나가기까지 긴 시간이 걸렸다. 판사가 말했다.

"율리시는 내일 죽네. 듣자니 주어진 운명에 사명감을 더하고 싶어 하는 거 같던데. 그가 그럴 수 있도록 도와주게.

한 번의 진술이면 된다네.

자네의 진술은 사람들의 심금을 울릴 수도 있네. 다정했던 일가족을 몰살하고 탄생한 살인마의 이야기가 좋은 예가 되겠지. 어쩌면 먹힐 걸세. 사람들은 동정하길 좋아하고 동정심을 품고 있다는 사실을 드러내기는 더 좋아하니까.

그런데 좁군. 이 친구와 있기에는 너무나 좁아.

아까 자네에게 예정설을 믿는지 묻지 않았네. 대답해 보게. 자네는 믿나? 말이 없군. 뭐 좋아. 어쨌든 믿는 게 좋을 거야. 그래야 설명할 수 없는 것에 이해심을 발휘할 수 있을 테니까. 내게는 율리시와 자네의 관계가 그렇네. 분명히 다른 두 인물인데 간혹가다 같은 사람으로 여겨져. 손에 피를 묻혀도 제대로 닦지 않는 거 하며. 이 마을에 온 시기까지 겹치지. 그리고 그 출발지인 로제 마을도.

놀랐나. 놀랐다면 사과하네. 자네를 협박하려는 말은 아니었지만, 로제 마을은 실존하지. 발렌티노는 말이 많았고.

나는 이 사람의 친구이네. 베드로 잘 듣게. 잘 들어야 해. 그리고 헛된 동정심은 빠르게 고쳐 잡고 가능성이 있는 발상에 힘을 실어야 하네.

지금부터 나는 이 속이 훤히 보이도록 문을 열어두고 나갈 생각이네. 그런 다음 발렌티노를 자살로 결론지을 수도, 타살로 결론 내릴 수도 있네. 후자라면 자네는 내 앞에 서게 되겠지. 이 마을의 유일한 판사인 내 앞에 말일세. 그런데 이게 내가 자네에게 부탁할 일인가."

판사가 격자무늬 틈새로 베드로를 보았다. 순간 소름이 끼친 판사는 저도 모르게 움찔했고 방금 본 것을 다시 보았다. 경외하는 대상을 대하듯이 베드로가 그를 올려다보고 있었다. 그리고 그 입가에 번진 미소는 마치 천국에서 웃음을 참아보려는 사람과 같았다. 베드로가 말했다.

"믿고 따르겠습니다."

판사가 베드로에게 무어라 말하려던 찰나였다. 그때 마리의 날카로운 비명 소리가 성당을 울렸다. 놀란 판사와 베드로가 동시에 고해소를 빠져나왔다. 그들 앞에 쓰러진 한스가 보였다. 그는 그가 흐트러트린 장의자에 둘러싸인 채 입으로는 침과 포도주가 뒤섞인 보랏빛 거품을 물며 해석할 수 없는 말을 뱉어내고 있었다. 한스의 머리를 무릎에 받치고 앉은 마리가 허공을 향해 끊임없이 비명을 질렀다. 그런 그녀의 모습이 너무나 놀랍고 생소해서 판사와 베드로는 이날 그녀를 처음 본 것만 같았다.

"보고만 있지 말고 도와주세요!"

마리의 요청에도 베드로와 판사는 미동이 없었다. 숨이 넘어가는 한스에게 섣불리 다가가기가 꺼려져 묘한 인내심만 발휘했다. 한스는 길게 가지 못했다. 다가오는 죽음의 마지막 순간을 필사적으로 묘사하려는 듯 허공을 가쁘게 노려보며 팔을 휘젓더니 한순간에 뚝 하고 숨을 거두었다. 마리가 한스의 머리를 조심스럽게 바닥에 내렸다. 그를 떠난 그녀의 손이 가까운 장의자에 체중을 지탱해 가까스로 몸을 일으켰다. 그녀가 말했다.

"어째서 포도주만 건들면 경기를 일으켰는지 알겠네요."

판사를 대하는 원망으로 가득 찬 눈에서 눈물이 흘렀다.

"내가 법정에서 증인이 되겠어요. 보고 들은 걸 전부 밝힐 거예요."

"보고 들은 것?"

판사가 그녀에게 말했다.

"그럼요. 발렌티노 신부님에게 주려고 가져온 술이라고 직접 말한 걸 기억해요. 그 속에는 독이 들어 있었고요."

판사는 감정이 전해지지 않는 차가운 눈빛을 지었다.

"그 점을 꼭 진술해 주게."

판사가 옆으로 몸을 비켰다. 그의 몸에 가려져 있던 고해소가 드러났다. 활짝 열린 문 안에서 발렌티노가 죽어 있었다.

놀란 마리의 눈빛이 창가의 촛불에 흔들리며 초현실적인 분위기를 자아냈다. 시체가 아니라 기적을 지우고 침입한 도둑을 바라본 데도 같았을, 공포와 비극으로 온전히 경계심을 잃어버린 그 눈빛은 이 순간 누군가에게 의지하려는 듯 보였다. 그녀가 베드로에게 고개를 돌렸다. 그는 그녀를 그저 바라보고 있었다. 애쓰지 않는 그의 눈빛에서 마리는 질식할 거 같은 외로움을 느꼈다. 생소한 공간에 혼자 남겨진 채 떠나가는 친숙한 누군가를 바라보는 감정이 들었다. 이내 감당하기 힘든 두려움이 경련을 일으켰다. 마리가 왈칵 눈물을 쏟지 않으려 두 주먹을 쥐었다. 그리고 베드로에게 말했다. 헛된 희망에 확인을 구하는 행위였다.

"도와주세요."

그러나 베드로는 판사에게 다가가고 있었다. 비스듬히 늘어진 둘의 어깨가 자연스럽게 맞닿았다. 마리는 어느새 가까워진 둘의 관계에 혼란을 느꼈다.

"도와주세요. 제발요."

맥없이 흐려지다 생명력을 갖추지 못하고 사그라드는 목소리였다.

"저도 죽일 생각이겠죠. 독살인가요?"

그녀는 그들이 어떤 기준을 제시해 주길 바랐다. 그 기준이 그녀에게는 중요했다.

판사가 코르크 마개를 찾아 포도주 입구에 쑤셔 넣었다. 코르크 마개에 한스의 치아 자국이 깊게 파여 있었다. 판사가 한스의 머리로 다가가 무릎을 꿇었다. 그는 한스의 치아 틈새에 낀 마개의 찌꺼기를 발견하고는 만족스럽게 미소 지었다. 한스가 자발적으로 독이 든 포도주를 마셨다는 증거였다.

판사가 말했다.

"아가씨는 오늘 밤 너무 많이 봤고 너무 많이 들었네."

"그게 죄목이군요. 마지막으로 이유를 물어도 될까요?"

"어떤?"

"신부님을 죽이려고 했던 이유요."

"내가 친구를 왜 죽이겠나."

"그러면 독이 든 포도주는요. 저걸 어떻게 설명하죠?"

"궁금증이 풀리면 죽어도 만족하겠나?"

"정말 죽일 생각이군요."

"그럴 이유가 없네."

"저는 너무 많이 보고 너무 많이 들었어요."

"그걸 법정까지 잘 간직하게."

판사가 한쪽 무릎을 짚고 일어났다.

"발렌티노는 지독한 우울증에 빠져 있었지. 어제오늘도 하소연을 들어주느라 과음을 했다네. 새벽 일찍 성당을 나서는 데 독이 든 포도주를 부탁하더군. 난 그 부탁을 들어주기로 했지. 철도에 뛰어드는 것보다는 나으니까. 그런데 날 기다리기가 힘들었던 모양이야. 유서는 저 안에 있으니까. 확인해 보게. 그리고 내가 포도주를 탐내는 한스를 얼마나 막았는지 그 점도 꼭 증언해 주고."

"믿지 않을 거예요."

"누가."

"사람들이요."

"믿을 거야."

"믿지 않으면요."

"믿을 거야."

"저는 마을을 떠날 거예요."

"그 길에 수사관을 불러주게."

"다시는 돌아오지 않을 거예요."

"돌아와도 돼."

성당 문은 베드로가 열어 둔 그대로였다. 밖은 깜깜했다. 너무나 깜깜해서 검은 벽이 가로막고 서 있는 거 같았다. 밖을 나와 움직이기 시작한 마리는 걷기 시작했다. 철로를 따라 걸었다. 결코 희망이 가리킨 적 없는 어둠 속을 걷는 거 같았다. 숲에서 기괴한 소리가 들려왔다. 그녀는 걷는 속도를 높였다. 뒤를 돌아보면 그대로 방향을 잃을 거 같아서 앞만 보며 걸었다. 저 멀리에서 달빛에 감싸인 작은 불빛이 보였다. 감옥의 종탑이었다. 마리는 종탑을 이정표 삼아 걸었다. 머리 위의 별들이 종탑에 가까워질수록 그곳에 서 있는 사람의 형상이 보였다. 율리시였다.

금요일

처형식을 구경나온 사람들 가운데 점심을 거른 자는 없었다. 평소보다 일찍 일어나 광장에 나설 준비를 마친 그들은 모처럼 하나 된 주제를 식탁에 올렸다. 율리시의 사건을 복기했고 그들 자신이 내린 판결과 합의를 이룬 집행에 만족했다. 의견 다툼이라면 아이들을 고려해서 교수대에 매달릴 율리시의 얼굴에 두건을 씌워야 하는지 정도였다.

구름이 걷히자 정오의 햇빛이 광장을 덮었다. 광장의 자갈길이 단단한 열기를 내뿜었다. 전국 각지에서 소문을 듣고 모여든 사람들까지 합세한 광장은 발을 들일 틈이 없었다. 군데군데 흥겨운 노래가 흘렀고 그걸 따라 부르는 사람들이 생겨났다. 노래에 맞춰 춤을 추는 사람들도 있었다. 몸짓과 울음으로 서로에게 구애하는 작은 새들을 여기저기에 떨어트려 놓은 거 같았다. 각지역의 고위 관료와 은행장들이 처형대 오른편에 마련된 천막

텐트의 그늘에서 차를 마셨다. 그들은 율리시의 처형이 다음 시장 선거에 미칠 영향을 계산하거나 처형 이후에 다가올 변화를 노닥거리면서 시간을 보냈다.

이들을 향한, 더위에 짜증이 난 몇몇 사람들이 시작한 야유가 시끄러웠지만 함성으로 이어지지 못해 금세 무감각해졌고 어떤 욕설은 익숙하게 들리다 허망하게 사라졌다. 뒤늦게 광장에 나타난 자들은 사람들로 이뤄진 너울에 밀려 광장을 동그랗게 둘러싼 건물까지 밀려났다. 그들은 눈앞에서 점점 작아지는 처형대를 아쉽게 바라보며 겨우 죽음의 잔상만을 얻어 갈까 발만 동동 굴렀다. 그래서 그들은 교수대의 작은 잎사귀로 변할 율리시가 그곳에 오랫동안 매달려 있길 바랐다.

마리는 처형대 바로 아래에 서 있었다. 머리보다 높은 처형대를 올려다보는 그때마다 간밤을 새느라 햇빛에 민감해진 두 눈을 깜빡거렸다. 손날을 눈썹에 붙이고 나서야 뭐가 보이는 거 같았다. 처형대 왼편에 교수대가 세워져 있었다. ㄱ자였고 동그랗게 매듭지어진 밧줄이 달려 있었다. 밧줄은 너울이 되어 좁아지고 펼쳐지길 반복하는 군중의 진동으로 인해 제자리에서 흔들렸다. 밧줄 아래에는 발판이 있었다. 레버를 당기면 발판이 밑으로 떨어지는 구조이다. 보통은 몸무게를 이기지 못하고 목이 부러져 죽게 된다. 운이 나쁘면 졸리는 목으로 죽음과 한참 싸워야 한다.

군중은 율리시의 목뼈가 튼튼하길 바랐다. 마리의 시야 안으로 천막 그늘에 모인 관료들과 나란히 자리한 베드로와 판사가 들어왔다. 판사는 차를 마셨고 베드로는 성경책을 손에 쥐고 있었다. 판사가 떠드는 말에 베드로가 활짝 이를 드러내며 웃음 지었다. 어쩌다 이렇게 되어 버렸을까. 어쩌다 이 공간 이 시간을 식별하는 데 시력만이 아니라 상식이란 개념이 필요케 되었을까. 마리는 혼란을 느꼈다. 위로받기 힘든 이 감정을 인생에서 누락시키고 싶었다. 그럼에도 이 고통스러운 감각은 처음 겪는 그녀 자신에 대한 감정과도 이어져 있었다.

지난밤, 성당을 빠져나온 마리는 판사의 지시대로 마을을 향했다. 빗물과 구분할 수 없는 땀으로 온몸이 흠뻑 젖은 여자, 진창이 된 그녀의 에나멜 구두와 치마 밑단, 걸어오는 내내 우느라 부어 버린 얼굴. 수사관이 목격한 마리의 형체는 그녀가 전달하는 내용만큼이나 기괴했다.

"성당에서 사람이 죽었어요. 두 명이요. 남자예요. 네, 둘 다 죽었어요. 아니요. 싸움이 난 건 아니에요. 한 명은 죽었고 한 명은 발견됐죠. 이해가 안 된다고요? 가보세요. 가면 알게 돼요. 판사와 사제가 성당에 있으니까, 설명을 들을 수 있을 거예요. 왜 대신 저를 보냈느냐고요? 모르겠어요. 저는 정말 모르겠어요."

두어 시간이 지나 마리는 성당이 보이는 철길에서 수사관들을 따돌리고 숲으로 사라졌다. 그녀는 달빛과 암흑이 뒤엉킨 숲속을 더듬어 걸으며 판사와 사제로부터 도망치고 있다고 믿었지만, 아침 첫 기차에 몸을 실었을 땐 더러워진 옷과 신발 그리고 적개심을 지닌 채 마을과 진실을 밝힐 용기로부터 멀리 도망치고 있는 걸 알아차렸다. 그녀는 첫 남자를 통해 그럴듯한 드라마가 써졌을 때 마을을 벗어나지 못한 자신에게 정당한 대응과 보상을 해 주지 못해 왔다. 이날도 기차에 오르지 못할 거 같았다. 평생 그걸 바라오지 않았나. 희망조차 진부한 이곳에서 개척할 것은 없다고 단언하면서.

전에는 가져 본 적 없는 외롭고 복잡한 감정을 느끼는 사이 마리는 무섭게 술렁거리는 군중의 함성을 놓치고 있었다. 손날을 내리고 사람들의 시선이 쏠리는 왼편을 보았다. 갈라진 무리 사이로 무서워 보이는 간수 넷과 머리가 긴 죄수 하나가 걸어오고 있었다. 율리시였다. 마침 가까이에서 율리시를 볼 수 있었던 마리는 그 얼굴을 살폈다. 움푹 파인 두 눈이 긴 눈썹으로 반쯤 가려있었고, 영양분을 제대로 받지 못한 갈색 수염이 목젖 부근까지 내려와 있었다. 광대뼈를 무시하고 흘러내린 피부는 머리뼈에 달라붙은 거나 마찬가지였다.

율리시에겐 양 손목을 붙든 포승줄도 허리춤에 몽둥이를 꽂은 간수도 불필요했다. 그는 이날 모인 누구보다 평온했기에 그를 향한 야유 소리가 커져만 갔어도 커튼 틈 사이를 느리게 통과하는 햇빛 알갱이처럼 힘없이 그의 발밑으로 흘러내렸다. 오히려 비난의 함성을 견디지 못하는 건 광장에 모인 사람들이었다. 율리시를 무너트리려는 목소리에 목소리가 합세해 이제는 그 자체로 야유거리가 되어 버린 그 이름이 외쳐졌지만, 이들의 얼굴은 더는 살아 있다는 기분을 그런 식으로밖에 실감하지 못하는 존재처럼 붉게 일그러져 있었다.

간수들이 율리시를 발판에 세우고 뒤로 물러났다. 구름 안쪽을 비집고 들어와 광장을 덮은 나른한 열기가 율리시를 비쳤다. 땀에 전 하얀색 죄수복이 은은한 빛을 냈다. 율리시가 고개를 들었다. 긴 머리카락이 젖혀지고 그의 얼굴이 드러났다. 광장이 소란을 멈췄다. 냉혈한 살인마의 저주받은 외형을 기대했던 자리에 이날까지 살아남은 한 인간의 모습이 있었다. 율리시가 그들을 바라보았다. 입가에는 상냥한 미소가 깃들어 있었다. 그 얼굴에서 설명하기 힘든 따뜻함이 전해졌기에 마리는 그만 눈을 감고 말았다. 감은 두 눈 속에서 율리시가 자신을 향해 온화한 미소를 짓는 것 같았다. 해서, 오로지 그 온정을 베푸는 듯한 미소만으로도 그가 오래전 온 도시를 두려움에 떨게 했던 연쇄 살인범이라거나 곧 마을 한복판의 교수대에 목이 묶일 사형수라는 사실을 실감할 수 없었다.

　한동안 아무런 소리도 들려오지 않아서 눈을 떴다. 그녀가 주변을 둘러보았다. 건조한 공기가 감싼 태양 빛이 뜨거웠지만, 누구도 구름이 내린 그늘로 자리를 옮기지 않고 같은 자리를 바장이고 있었다. 판사와 베드로가 천막 밖으로 걸어 나왔다. 판사가 율리시의 한걸음 등 뒤에 섰다. 기도문을 읊을 베드로가 율리시 앞에 섰다. 마리는 성경책을 펴 든 베드로의 얼굴에서 죄책감이나 동정심이 사라지고 없다는 사실이 놀라웠다. 울분을 토하듯 율리시를 옹호하던 그 모습은 이제 없었다. 교수대에 드리운 그림자가 율리시와 베드로의 사이를 갈랐다. 그렇게 그들은 햇빛을 나눠 가졌다.

　"오랜만이네요. 사제님."

　율리시가 말했다. 바람에 쓸리는 모래처럼 부드러운 목소리였다.

　"그렇군요."

　베드로가 대답했다. 그는 성경책을 들었다. 미리 귀를 접어 놓은 페이지를 펼쳐 준비한 구절을 읽어 나갔다. 애정도 죄책감도 느껴지지 않는 피로한 음성이었다. 율리시는 여전한 미소를 지켰다. 갑자기 불어온 바람에 실린 모래가루가 눈썹에 달라붙어도 그는 밝은 얼굴을 베드로에게 보여 주었다. 천막 지붕이 나풀

거렸다. 어딘지 몸을 무겁게 만드는 바람이었다. 사람들의 바장임이 하나둘 멈추었다. 광장에 수상한 긴장감이 감돌았다. 오른편 저 멀리 천막 부근에서 웅성거리는 소리가 들려왔다. 작았지만 점점 커지는 소리였다. 마리가 그쪽으로 고개를 돌렸다. 보통 사람의 머리 높이를 어깨로 지나치는 거대한 사내가 처형대로 걸어오고 있었다. 그를 위한 길이 터졌다. 설명할 방도가 없는 그 불길한 존재를 피해 가까이 있던 모두가 물러서고 있었다. 고요하던 광장이 미세하지만, 열띤 흥분상태에 빠져들었다.

마리는 남자를 알아보았다. 높다란 키, 이마를 조금 덮는 짧은 회색 머리카락, 입술에 아로새겨진 상처가 있는 그 존재를 한눈에 알아보았다. 그렇지만 마리는 놀라지 않았다. 남자에게서 아무런 공포를 느끼지 않았다. 그가 오래전부터 존재해 왔으며 이날 율리시에게 모습을 드러내는 것이 우연이 아닌 필연임을 알고 있어서였다. 그녀는 판사와 베드로도 그를 알아볼 걸 확신했다. 처형대로 다가오는 저 여인숙 살인의 진범을 알아볼 것을 알았다. 만약 그 같은 자가 존재한다면 도저히 살육을 멈추지 못할 거라던 한스의 말을 떠올리며 요동치는 눈동자를 숨기지 못하리란 것도.

사형집행인. 누군가가 남자의 정체를 밝혔다. 방금 들은 정보를 재확인하는 물음이 광장을 한 바퀴 돌았다. 마리는 웃음이 날

뻔했다. 그것이 이날 광장에 남는 유일한 진실이라서 그랬다. 남자가 아니 사형집행인이 처형대 모퉁이 안쪽으로 들어갔다. 마리가 몸을 움직였다. 밀집한 군중을 피해 처형대 벽에 왼쪽 어깨를 바싹 붙이고 사형집행인이 사라진 반대편 처형대로 걸어갔다.

백 걸음을 걸어 모퉁이 안쪽으로 들어섰다. 사형집행인이 거기에 있었다. 사형대 계단 앞에 서서 불릴 차례를 기다리고 있었다. 긴 기도문이었다. 그는 마리와 비교해서 말도 안되게 키가 컸지만, 둘의 거리가 가깝지 않아서 조금 올려다보는 것으로 눈높이를 맞출 수 있었다. 사형집행인의 복장은 빈틈이 없었다. 옷감이 얇은 정장 회색 재킷과 바지를 입었고 넥타이는 두르지 않았지만, 날이 잘 선 하얀 와이셔츠 칼라가 절도 있는 분위기를 자아냈다. 주변을 무척 의식하는 판사의 차림새와 비교해 보아도 흠잡을 데가 없이 당당했다.

바람이 몰고 온 구름이 사형집행인의 얼굴을 검게 덮었다. 깊이 들어간 눈 주변에 새로 생긴 그림자가 드리웠다. 이전에는 그를 본 적 없던 마리였지만, 그가 나이를 먹었다고 생각했다. 전반적으로 잔주름이 늘었고 날카롭던 눈매가 조금 익살을 부렸다. 각이 져 단단해 보이는 턱선은 귓불과 둥글게 이어져 있었다.

처형대를 올려다보던 사형집행인이 계단에 앉았다. 그가 왼쪽

다리를 주물렀다. 마리는 마음처럼 움직여 주지 않은 저 다리가 살인을 멈추게 된 원인이라고 한스에게 속으로 말했다. 다친 다리로는 전쟁에 투입될 수도 이전처럼 수사망을 피해 살인의 욕망을 채우기란 불가능했으리라. 저런 종류의 사람은 살인 행각을 멈출 수 없을 거라던 한스의 주장을 수긍했다. 해서 그 앞에 먹이처럼 던져지는 사형수들을 처형하며 욕망을 다스려 온 것이다. 마리는 생각했다.

'언니가 지금 저 남자를 보고 있다면 어땠을까. 입을 틀어막고도 손가락 사이로 새어 나오는 소리를 어쩌지 못했겠지. 그때도 제대로 들여다보지 못한 저 얼굴을 이제 와서 자신 있게 확인해 볼 용기를 가졌을까. 무조건 아니라고 할 것이다. 저 남자는 사형집행인일 뿐 다른 가치는 없다고. 그러면서 자기는 끝까지 모르는 일이라고. 저 사형집행인의 절뚝이는 다리도. 교수대 매듭 아래에 선 죄 없는 율리시가 진범이라서 스스로 자처한 결말대로 가게 되는 거라고 말했을 것이다. 비겁한 여자. 아름다운 문양의 카펫을 사랑하지만, 그 속에 감춰진 더러운 먼지는 들춰 보려고 하지 않는 여자. 죄를 짓지 않고도 지을 수 있다면 이런 것이었다.'

지루해진 사형집행인이 계단에서 몸을 일으켰다. 그는 기도문이 흐르는 사형대를 올려보았다. 외투를 젖혀 조끼에 걸린 회중시계를 확인했다. 제때 끼니를 때워야 하는 사람이 나오지 않는 음식을 기다리는 것 같았다. 율리시가 말했다. 때가 되면 자신을 알아본 진범이 참회의 눈물을 흘리게 될 거라고 그 눈동자 속에서 처음부터 사람을 살해하는 행위에 증오의 감정은 없던 것이라고. 마리는 사형대에 선 율리시가 주위를 돌아보길 바랐다. 이들 가운데 몇이나 되는 사람들이 십오 년 전, 그 오래된 사건을 기억하길래 이처럼 분노하고 기뻐하며 한 인간의 죽음을 기다리고 있을지.

마리는 율리시가 겪게 될 치욕을 고스란히 느끼며 분노했다. 율리시는 무대에 오르기 전부터 실패했다고 마리는 생각했다. 율리시는 그가 희생을 통해 경각심을 주려 한 사람들에게 쉽게 잊힐 것이며 수법은 제각각이지만 저마다의 원칙을 지키는 새로운 범죄자들의 등장조차 알지 못하고 사라질 것이라고 확신했다. 마리는 사형집행인이 눈물을 보일 일은 없을 거라고 홀로 속삭였다. 진범의 등장은 예언 그대로였지만, 그 기적을 넘어서는 어떤 일, 인류의 구원을 암시하는 거 같은 그런 눈물은 없을 거라고 체념했다. 마리가 율리시를 대신해 광장을 둘러보았다. 누구도 베드로의 기도문에 관심을 보이지 않고 있었다. 율리시의 처형이 흥미진진한 이야기의 마침표라도 되는 듯 그 죽음만을 기다리고 있었다. 처형일이 알려지기 전까지 이 마을은 멈춰 있었

다. 서로에게 무관심했고 그 미덕을 극복하려 하지 않았다. 율리
시는 실패하고 있었다.

마리가 원래 서 있던 자리에 돌아왔다.

베드로가 비킨 자리에 판사가 걸어와 섰다. 이제 그의 차례였
다. 사형수를 판결한 판사가 직접 그 죄목을 읊고 마지막 남길
말을 묻는 것이 관례였다. 율리시에게 똑바로 서서 그 눈을 바라
보는 판사가 더없이 냉정하고 지적으로 보였다. 판사가 계단을
가리켰다. 사람들의 시선이 판사의 손가락을 쫓았다. 사형집행
인이 계단을 오르고 있었다. 계단을 모두 빠져나온 그의 발이 사
형대를 딛자마자 광장이 술렁거렸다. 전국을 떠도는 건장한 체
격의 사형집행인. 그의 몸에서 기괴한 악취가 흐르고, 목이 낚인
죄인의 눈에서 영혼이 빠져나와 진정한 죽음에 이른다는 헛된
소문들.

사람들은 집행인이 내뿜은 불길한 존재감에 두려움을 느끼기
시작했다. 광장이 설명하기 힘든 낯선 고통에서 해방되고 싶어
했다. 여자와 아이들이 먼저 울음을 터트렸다. 눈을 감아 버린
남자들이 사형을 서두르길 종용했다. 마리가 판사와 베드로를
보았다. 사형집행인을 알아차리기 이전에 그들은 공허한 눈빛이
었다. 곧 그 정체를 알아보았고 그가 풍기는 파멸의 전조에 온전
한 공포를 느꼈다. 파멸의 전조는 이 세계를 보살피는 구름 위의

절대자가 군중에게 보내는 경고이고 그동안 하나나 둘이 아니었을 것이다. 이런 종류의 굽어살핌을 눈치채지 못한 이들은 율리시를 그저 죄인으로 보아 온 것이다.

판사와 베드로가 허물어진 자세로 뒷걸음질 쳤다. 그들이 남긴 공간을 따라 걸은 사형집행인이 율리시 앞에 섰다. 오래전 그날처럼 둘은 마주 보았다. 부는 바람이 여전했다. 천막에서 쓸려온 반짝이는 먼지들이 사형집행인의 머리칼 위에 번식을 시작하려는 꽃씨들처럼 살포시 내려와 앉았다. 불기운을 머금은 입자가 사형집행인의 살갗을 찔렀지만, 그는 느끼지 못했다. 그저 온정의 눈길로 바라보는 존재라면 그게 누구이든 쉽게 감동받는 외로운 노인처럼, 진풍경을 바라보듯 율리시에게 시선을 고정하고 있었다. 마리는 감정에 새로운 싹이 트는 걸 느꼈다. 율리시의 온화한 얼굴은 무엇이든 용서를 구할 수 있는 어떤 의미였다.

마리는 한스를 떠올리며 당신이 옳았다고 사과했다. 떠버리 발렌티노의 혀가 알아서 무난한 복수를 해 주기를 기대했다고. 사랑하는 남자를 만나 먼저 집을 나가게 된 언니를 쓰러트리고 싶어서 고해소를 찾은 게 사실이라고 고백했다. 그걸 인정하기에는 자존심이 상하기도 성당의 세 남자에게 돌아올 차가운 태도가 두려워 진실하지 못했다고 사과했다. 마리는 지난 세월처럼 흘러내린 율리시의 긴 머리카락과 그 속에 담긴 얼굴을 만져 보고 싶다는 충동을 느꼈다. 천천히 손바닥을 펼쳐 세월에 풍화된 종이가 지닌 질감이 그렇듯 닿으면 바스러질 거 같은 저 신성한 얼굴을 조심스럽게 매만지고 싶었다. 다시는 저 얼굴이 그저 떠오르지 않았으면. 떠올렸다고 하는 순간도 얼마 못 가 흐려졌으면.

판사가 다가와 벌벌 떨리는 손으로 조끼 주머니에서 미리 적어 온 글을 꺼냈다. 그가 죄목을 읊었다. 목소리가 진정되지 않아서 무어라 떠드는 것에 불과했다. 해가 바뀌듯 하늘이 천천히 바뀌고 있었다. 지중해의 모래처럼 반짝이던 태양 빛이 물러나고 잠시 이끌려 온 파랗던 빛이 산란을 마치자, 노을의 황금빛에 허연 구름이 서서히 덮였다. 율리시는 관중을 바라볼 뿐 그때까지 말이 없었다. 바지 주머니에서 갈색 두건을 꺼내는 사형집행인의 손이 가엽게 흔들렸다.

종이를 접어 조끼 안주머니에 집어넣은 판사가 말했다.

"마지막으로 사람들을 살해한 이유를 묻겠다."

율리시의 얼굴에 두건이 씌었다. 그의 얼굴이 세상으로부터 사라지고 목에 밧줄이 걸렸다. 레버가 당겨지기 직전 마리는 두건을 쓴 율리시의 얼굴, 그 먹먹한 어둠의 안쪽에서 들려오는 그의 나지막한 음성을 들었다.

"그건 천성이었습니다."

마리는 볼을 타고 가만히 흐르는 사형집행인의 눈물을 보았다.

전야의 살인

ⓒ 송보현, 2024

초판 1쇄 발행 2024년 5월 10일

지은이   송보현
펴낸이   이기봉
편집   좋은땅 편집팀
펴낸곳   도서출판 좋은땅
주소   서울특별시 마포구 양화로12길 26 지월드빌딩 (서교동 395-7)
전화   02)374-8616~7
팩스   02)374-8614
이메일   gworldbook@naver.com
홈페이지 www.g-world.co.kr

ISBN   979-11-388-3092-8 (03810)